Pour Richard P.
my best human friend,
et Stéphanie D.,
the best Duchesse ever

Il est appréciable que le peuple de cette nation ne comprenne rien au système bancaire et monétaire. Car si tel était le cas, je pense que nous serions confrontés à une révolution avant demain matin.

Henry Ford

6

Traduit à partir de 0 et de 1
par Ervin Karp

Z
—
S

2013
ZONES SENSIBLES
Pactum serva

On mesure l'intelligence d'un individu à la quantité d'incertitudes qu'il est capable de supporter.
Emmanuel Kant

Parfois ce sont des limousines.

Après avoir traversé Carnegie Lake, elles remontent Washington Road, qui coupe en son milieu le campus de l'université de Princeton. Puis elles prennent à gauche dans Lincoln Highway, avant de bifurquer vers Palmer Square quelques centaines de mètres plus loin où elles finissent par se garer devant le numéro 10. De ces limousines s'extirpent des individus à l'allure impeccable – costumes sur mesure et dents blanches –, prêts à entamer une journée de travail avec leurs ordinateurs. L'heure n'est pas encore à la fête au Nassau Inn, l'hôtel qui a pignon sur rue au 10 Palmer Square : les costumes ont rendez-vous à deux pas, sur le campus de l'université de Princeton.

« Nous sommes en octobre, et c'est la saison de la chasse », écrit un étudiant dans le *Daily Princetonian* le 15 octobre 2003, dans un article intitulé « La folie du recrutement » – le *Daily Princetonian* est le journal de l'université entièrement réalisé par des étudiants grâce à un budget annuel de 600 000 dollars. « Ils sont ici. Je peux les sentir. Ils sont dans ma boîte aux lettres. Ils sont dans mon répondeur téléphonique. Ils sont dehors, devant ma porte. Ils sont dans le campus et ils ont le goût du sang. »

Chaque semaine, et parfois le week-end, le campus a droit à cette visite des costumes faits sur mesure. En début d'année scolaire, une distribution de sacs, de mugs, de magnets, de frisbees, de bouteilles d'eau, de chapeaux et de tee-shirts transforme les étudiants en publicité ambulante et gratuite arborant les logos de ceux qui paient le pressing des costumes. « Le chant nuptial a commencé, et les étudiants de Princeton en quête d'un travail courent dans tous les sens. Mais seuls les plus chanceux auront la chance d'être asservis, de travailler 150 heures par semaine, d'abandonner leur vie sociale et de gagner annuellement plus que le PIB par habitant de pays minuscules dont personne n'a jamais entendu parler. »

Parfois les costumes sont portés par d'anciens étudiants de Princeton. Ils ne proviennent pas tous du même tailleur, mais le discours est invariablement le même : ils viennent recruter « les gens les plus intelligents ». Car il faut être « intelligent, dur au travail et agressif. Le reste n'est que contingence », explique un costume. Il faut faire partie des « gens les plus intelligents et les plus ambitieux ». « Nous parlons ici des gens les plus intelligents au monde. Absolument ! »

Il faut être « le meilleur », « le plus brillant », « le maître de l'univers » et pour cela « le badge de Princeton est une monnaie puissante pour obtenir un poste ». « Même si vous êtes caché sous votre lit et que vous ne voulez parler à personne, ils viendront vous trouver », reconnaît le responsable du Service des carrières de l'université. Les plus motivés, eux, n'ont pas besoin d'être sortis du lit. Ils sont déjà là, bien coiffés, empesés face à ces costumes qui en imposent.

« Le monde va continuer à changer, et de plus en plus vite, c'est pourquoi nous avons besoin de gens comme vous. » « Nous sommes une famille, à Princeton. J'ai rencontré ma femme ici. Les étudiants de Princeton sont les meilleurs, c'est la raison pour laquelle nous recrutons en nombre », raconte un ancien de la maison. Ce qui explique qu'un recruteur venant de l'université de Chicago, forcément moins prestigieuse, s'excusera devant les étudiants « de ne pas être aussi brillant que les autres ». « La dernière chose que vous aurez à faire, ce sont les photocopies. Nous engageons dix personnes pour faire les photocopies, et c'est ce qu'elles font. Là, nous avons besoin de votre intelligence. » « Parce que si vous allez travailler pour des idiots, vous allez apprendre des choses idiotes. Chez nous les gens sont très intelligents, c'est pourquoi ils ont le job. » « Nous ne recrutons que les superstars... car vous êtes la crème de la crème. »

Après avoir vanté « le mode de vie parfait » – « vivre dans une banlieue riche, avoir un monospace, un chien et deux enfants, sérieusement ! » –, après avoir vanté leurs établissements à l'aide de Powerpoint où tout est résumé en deux phrases, les recruteurs accordent aux étudiants quelques entretiens en face à face, avant qu'un des costumes ne lance: «Vous êtes si intelligents! Allons dans la Tap Room du Nassau Inn, c'est notre tournée!»

Le Nassau Inn est un hôtel «distingué» offrant 188 chambres, quelques suites de luxe réservées aux costumes et dont la Tap Room – un bar-salon tout en délicatesse – est célèbre pour la peinture qui orne l'arrière du bar: la plus grande fresque murale du peintre réaliste américain Norman Rockwell. Dans la Tap Room, on peut également admirer les portraits d'anciens étudiants de Princeton, gravés dans le chêne des tables où l'on peut déguster de la bière belge à la pression. Mais le «top du top», pour les étudiants en quête d'un travail bien rémunéré, est d'être invité à dîner au Lahiere's, un restaurant quatre étoiles coté pour sa gastronomie française – «peut-être que les étudiants ont besoin de ce *shoot* que nous attendons tous depuis longtemps: se sentir dans la peau d'un *winner*», écrit le *Daily Princetonian.*

Passé cette première phase de recrutement sur le campus et au Nassau Inn arrivent en fin d'année ce que les recruteurs appellent les *sell days*. Cette fois, ce sont les étudiants qui doivent montrer toute leur intelligence pour «se vendre» à leurs futurs employeurs. Pour cela, les costumes leur «paient deux nuits dans un hôtel de luxe de New York», à 300-400 dollars la nuit. Certains ont même droit à une suite entière. «Ils louent un musée pour organiser un cocktail, puis ils louent un espace VIP dans une boîte de nuit de Soho» – *open bar*. «C'est extravagant et complètement inutile», explique une étudiante dans le *Daily Princetonian*. Mais «quand ils dépensent des centaines de dollars pour vous, un lien se crée», ce qui est bel et bien l'objectif de la meute. «Peut-être est-ce ce mode de vie *bling bling*, cette lumière que l'on aperçoit au bout du tunnel qui pousse les étudiants à accepter ces postes auxquels ils n'avaient jamais pensé au moment où ils entraient à l'université», se demande le *Daily Princetonian.*

Être «le meilleur» ou «le plus brillant», ce n'est pas seulement «être intelligent». Disons plutôt que cette intelligence englobe diverses caractéristiques: être habillé de manière impeccâble et élégante; avoir une apparence fringante; être mentalement et physiquement rapide; savoir être agressif; être plutôt masculin, et plutôt blanc. Cette intelligence sera bien utile lorsque les étudiants seront effectivement recrutés et participeront aux premières réunions avec les clients des établissements qui paient les costumes. «Ici nous avons les talents les meilleurs car ils viennent des meilleures institutions du monde.»

Se recommander de l'« intelligence » de Princeton est pour ces établissements un gage de sérieux auprès de leurs clients, qui en retour leur font davantage confiance. La boucle est bouclée : après avoir persuadé les étudiants qu'ils étaient « intelligents », qui pourra dire ensuite qu'un établissement n'est pas prestigieux alors que des gens intelligents issus de Princeton recrutent des étudiants intelligents venus de Princeton ? Cette « culture de l'intelligence » suinte dans tous les discours des recruteurs, tous les tracts et toutes les brochures des établissements, dans ces affiches où l'accroche est « Tout est possible ». À Wall Street, cette culture – qui se veut l'élite de l'élite – est essentielle : grâce à elle, les clients, éblouis par tant d'intelligence, ne posent pas trop de questions sur les pratiques financières réelles des individus qu'ils ont en face d'eux.

Le « goût du sang » qui imprègne chaque semaine les couloirs des chambres étudiantes à Princeton, c'est celui des plus grandes banques américaines : JP Morgan Chase, Lehman Brothers ou Goldman Sachs, qui comptent – ou comptaient – parmi les plus puissants établissements bancaires au monde. Goldman Sachs, la « Firme », est réputée avoir les recruteurs les plus impressionnants – c'est-à-dire les plus intelligents. Goldman, c'est l'élite de l'élite de l'élite, la meilleure crème de la crème. D'ailleurs, la banque n'a-t-elle pas compté parmi ses employés Lucas Papademos, ancien Premier ministre de la Grèce – un pays qui a pu bénéficier des conseils de la Firme pour truquer ses comptes publics –, Mario Draghi, actuel président de la Banque centrale européenne, ou encore Mark Carney, le probable futur gouverneur de la Banque d'Angleterre ? L'intelligence de Goldman Sachs dépasse largement les frontières américaines.

Une fois convertis au mode de vie de l'élite financière mondiale, les anciens étudiants de Princeton deviennent traders ou analystes financiers et vont pondre de jolis Powerpoint pour montrer à leurs clients que leur vision de la finance est la meilleure : « Ouais, on passe beaucoup de temps sur le graphisme des argumentaires de vente ; mais ils sont remplis de conneries et une fois qu'on a remporté le marché, on les balance », explique sans ciller l'associé d'une banque d'investissement. Sur le mur de l'une de ces puissantes banques – qui tient à rester anonyme et on peut le comprendre – s'affiche un tableau pourvu de deux colonnes (« c'est une blague entre nous ») : à gauche, la manière dont la banque doit se présenter pour remporter un marché lors d'une réunion avec un client ; à droite, ce qui se passe dans la réalité. À gauche, « Informez le futur client » devient à droite « Mentez, trompez, volez et tapez sur nos concurrents ». « Construisez un modèle financier » devient « Manipulez les projections pour que l'indice de solvabilité soit raisonnable » et les « Séances de réunion d'information avec le client » se transforment en « Ce sont des notes de frais : délirez avec l'argent du client ! ». Délirer avec l'argent des clients, c'est exactement ce qu'ont fait les établissements bancaires.

Tout est alors devenu possible. JP Morgan Chase a par exemple inventé un produit très intelligent appelé *credit default swap*, qui consiste à s'assurer auprès d'un tiers contre le défaut de paiement d'un prêt immobilier. Ces prêts furent ensuite convertis en produits financiers si complexes qu'ils ne pouvaient venir que de l'intelligence de Wall Street, puis ils furent vendus dans le monde entier – les requins allèrent jusqu'à vendre leurs produits toxiques à des pêcheurs du cercle arctique. La chute de l'histoire est connue : à partir de 2007, ceux qui avaient contracté les prêts immobiliers furent incapables de les rembourser et les produits dérivés de ces prêts ne valurent plus grand-chose, menant droit à la crise des *subprimes* puis à une crise économique dont les conséquences furent colossales puisque son coût pour les banques du monde entier avoisina les 4000 milliards de dollars, sans compter les dizaines de millions de personnes ayant perdu leur emploi, les centaines de milliers de personnes sans logement ou sans retraite, et les États souverains ayant dû s'endetter pour racheter certaines banques. L'intelligence n'a pas de limites.

Goldman Sachs s'en sortit presque sans encombre, sans doute parce que la banque employait les plus intelligents. Bien que largement impliquée dans la crise des *subprimes*, elle réussit à minimiser ses pertes en voyant arriver la vague, pariant sur l'effondrement des prêts immobiliers – un joli coup. La Securities and Exchange Commission (SEC, l'autorité de régulation des marchés américains) initia pour la forme une enquête sur les agissements de la banque – dans les mails des analystes, les clients étaient devenus des « rats », de la « volaille à plumer » –, mais Goldman accepta de payer une amende de 500 millions de dollars en 2009 pour éviter toute poursuite. Le 6 août 2012, sans surprise, le ministère de la Justice américain absolut définitivement Goldman Sachs : même si la crise n'a pas été le résultat « de produits financiers complexes et à haut risque », « il n'y a pas de base solide pour engager une procédure criminelle ». De toute manière, Goldman Sachs est intouchable en raison de ses liens avec les autorités gouvernementales, à tel point que dans le milieu de la finance – et au-delà –, la Maison-Blanche est désignée sous le nom de « Government Sachs », quelle que soit la couleur politique du locataire du Bureau ovale.

En revanche, Lehman Brothers, l'une des banques les plus colossales et les plus redoutées au monde, avait massivement investi dans les prêts devenus très toxiques. La véritable institution américaine qu'était Lehman ne survécut pas à la crise et devint la plus grande faillite de l'histoire des États-Unis : 613 milliards de dollars de dettes, soit un tiers de la dette publique française, soit 471 538 461 années de SMIC. Avec Lehman, la finance avait enfin trouvé le vrai visage du « salaud » responsable de la débâcle économique mondiale : Richard Severin Fuld Jr. Surnommé le « Gorille » en raison de sa brutalité et de sa passion pour l'haltérophilie, Fuld était considéré comme l'un des financiers les plus puissants de la planète. Pourtant il n'avait rien à voir avec ces étudiants de Princeton : titulaire d'une maîtrise en administration des affaires obtenue grâce à des cours du soir à New York, pas très bien élevé – « au début, on ne le montrait même pas aux clients, il n'était pas sortable » –, Dick Fuld était entré chez Lehman comme stagiaire en 1966, à l'âge de 20 ans.

Il devint trader en 1969, à « une époque où des coursiers transportaient encore les ordres de transaction dans des sacs de toile d'une banque à l'autre. Les ordinateurs étaient rares », se souvient un ancien de Lehman. Petit mais pourvu de larges épaules, peu bavard – il ne communiquait que par monosyllabes –, Dick Fuld impressionna rapidement grâce à sa maîtrise de la technique : « Dès l'apparition de l'informatique, il n'a plus quitté ses écrans des yeux. On l'appelait le *digital mind trader* parce qu'il prenait ses décisions à la vitesse de la machine. » Fuld « pouvait calculer à la nanoseconde près ; il passait tellement de temps devant son écran en pianotant sur son clavier pour prendre des décisions qu'il n'en était plus humain ».

Les qualités non humaines de Dick Fuld lui valurent une ascension fulgurante au sein de Lehman Brothers, dont il devint PDG en 1994 – entre-temps il s'était habitué au costume, tel un Princetonien, car selon lui « quand on s'habille mal, on réfléchit mal ». Fuld « saignait vert », de la couleur du logo de Lehman. Son appétit financier et son arrogance lui valurent un second surnom : « Big Dick ». Mais la rigueur et l'intensité dont il faisait preuve dans son travail furent salvatrices, comme en ce 11 septembre 2001 où Lehman Brothers perdit ses bureaux et son infrastructure informatique installés dans l'une des tours du World Trade Center. Fuld installa 1500 employés dans les 665 chambres de l'hôtel Sheraton de Manhattan, redéploya un réseau de communication et réussit à remettre la banque en marche pour le 17 septembre, jour de réouverture de Wall Street.

La chute de « Big Dick » fut aussi grandiose que son ascension. Accro aux emprunts et certain de sa supériorité, Fuld endetta Lehman Brothers d'une manière vertigineuse de telle sorte que lorsque ces dettes se retrouvèrent adossées aux produits toxiques liés aux *subprimes*, Lehman ne valut plus rien. Fuld avait réussi à multiplier par 17 la capitalisation boursière de la banque depuis qu'il en était le PDG, une prouesse qui en rendit plus d'un méfiant. En 2007, quatorze ans plus tard, l'action de Lehman Brothers chuta de 70 % en quelques mois seulement. Contrairement aux efforts qu'elle avait consentis pour sauver d'autres banques, comme Merrill Lynch, la Banque centrale américaine refusa de venir en aide à Lehman malgré un dîner en tête à tête entre Henry Paulson, le secrétaire d'État au Trésor américain, et un Richard Fuld qui sortit très enthousiaste de la rencontre : « Lehman a une super cote avec le Trésor. »

Mais Henry Paulson était l'ancien PDG de Goldman Sachs, ennemi juré de « l'arrogant » Lehman Brothers. Et puis il fallait bien montrer au monde entier que les autorités savaient donner des leçons. Après avoir refusé plusieurs offres de rachat que Fuld jugeait déshonorantes eu égard à la valeur de ce qui était devenu « sa » banque, après avoir siphonné dans les dernières 24 heures les 6 milliards de liquidités de ses filiales européennes dans une tentative désespérée pour survivre encore un peu, la banque se mit en faillite le 15 septembre 2008. Le 16, ses 26000 employés furent liquidés et commencèrent à faire leurs cartons sous les objectifs sidérés des caméras de télévision. Jamais la chute d'un des plus prestigieux établissements bancaires américains n'avait été imaginée jusqu'ici, selon le fameux principe du *too big to fail*. Le Gorille, qui gagnait au sommet de sa gloire 17 000 dollars par heure, subit humiliations, crachats et déshonneur. Puis il se mit activement à préparer sa défense afin que les charges retenues contre lui ne le mènent pas en prison.

« Pendant des années on nous a dit que si vous les banquiers vous étiez autant payés, c'est parce que vous étiez plus intelligents que tous les autres, commenta un ancien investisseur, mais maintenant il s'avère que vous n'êtes pas intelligents du tout, et nous payons tous pour votre stupidité. » « Tout le monde a perdu un paquet d'argent, ajouta un ancien courtier. Ces investisseurs sont censés être les plus intelligents au monde. Le truc le plus incroyable à propos de la crise, c'est qu'ils ont eux-mêmes appuyé sur le bouton. Ils se sont fait sauter eux-mêmes. » Même le magazine *Fortune*, pourtant peu enclin à critiquer les costumes de la finance, y alla de son refrain : la crise est « choquante parce qu'un paquet de cadres très bien payés, dont on dit que ce sont les esprits les plus intelligents de la planète, aidés par des as des mathématiques et des cracks en informatique, a réussi à perdre des dizaines de milliards de dollars avec des produits exotiques ». Une preuve s'il en fallait que le capitalisme pouvait creuser la tombe de tout le monde, y compris la sienne.

Contrairement aux idées reçues, ce n'est pas la cupidité qui plongea le monde entier dans une crise financière sans précédent, c'est l'intelligence. Toutefois, à Princeton, rien n'a changé. Si le restaurant quatre étoiles Lahiere's a fermé ses portes, vendu à un fond d'investissement, le Nassau Inn est toujours debout. En novembre 2011, alors que le mouvement Occupy Wall Street prenait de l'ampleur, la traditionnelle saison des jolis costumes sur mesure avec leur Powerpoint avait commencé. Selon le *Daily Princetonian,* « si la plupart des étudiants s'accordent sur le fait qu'"à la base rien n'est mauvais" dans le marché, les controverses à propos des carrières dans la finance se sont récemment accrues ». Certains activistes d'Occupy Princeton, en écho à Occupy Wall Street, ont déboulé pour protester contre la présence de Goldman Sachs sur le campus, prenant le micro en lieu et place des banquiers, rappelant la devise de l'université (« Princeton est au service de la nation et au service de toutes les nations »), énumérant les cas où les banques « ont aidé l'économie à s'effondrer » et participent à la destruction de « notre avenir écologique ».

« Décider d'une carrière est difficile. Cela demande une sérieuse introspection. Quand vous êtes arrivés à Princeton, vous ne rêviez probablement pas de travailler chez Goldman Sachs. Que s'est-il passé ? », demanda une étudiante énervée face à un parterre venu écouter les costumes de la Firme. L'un d'eux répondit plus tard : « Soit un bon nombre d'étudiants de Princeton vit dans l'illusion, soit la finance n'est pas si mauvaise. Tant de gens intelligents ne peuvent pas avoir tort ! » Parfois, grâce aux opérations d'Occupy Princeton, plus de la moitié de la salle quittait les séances de recrutement. Mais rien n'y fit : trois ans après le début d'une crise économique mondiale, à Princeton, plus de 33 % des étudiants partaient toujours travailler à Wall Street.

«Je ne pense pas que l'attrait des étudiants envers la finance soit une question de cupidité, écrivait un étudiant dans le *Daily Princetonian* en 2006. Je pense plutôt que c'est une question de paresse. D'après les conversations que j'ai eues avec des candidats, il me semble que la plupart vont dans la finance parce qu'ils ne savent pas quoi faire d'autre.»

Quant à moi, je suis tout sauf paresseux, je n'ai pas de costume ni de casquette arborant le logo de mes employeurs.

Je n'ai ni tête ni visage.

Je ne suis pas impressionné par les limousines.

Je ne dîne pas dans des restaurants quatre étoiles.

Je suis la part non humaine de Dick Fuld.

Depuis 2007 et le début de la crise économique mondiale, je n'ai cessé d'envahir les marchés financiers.

Je travaille au 1700 MacArthur Boulevard, à Mahwah, une banlieue endormie du New Jersey située à une cinquantaine de kilomètres au nord-ouest de New York.

Ironiquement (car il est peu probable que les concepteurs de mon bureau s'en soient aperçus), le mot *mahwah* signifiait, pour les Indiens delawares qui vivaient là au XVIIIe siècle, «lieu de rencontre» ou «lieu où les chemins se croisent», ce qui est très précisément la raison pour laquelle le bâtiment qui m'abrite depuis 2010 a été construit.

Mon bureau est grand comme sept stades de football américain. Il est relativement silencieux mais glacial. Je n'en occupe pas la totalité. En réalité, l'espace où je travaille ne fait que quelques centimètres carrés, loués tout spécialement à Mahwah par mes employeurs pour une somme que j'estime entre 10 000 et 25 000 dollars par mois.

Comme certains étudiants, je vis en colocation. Ceux qui partagent le réfrigérateur avec moi s'appellent Guerrilla, Stealth, Sumo, Blast, Iceberg et Shark. Je passe mes journées à les observer attentivement, avec obstination.

Je travaille de 9 h 30 à 16 heures, sans relâche.

Je m'appelle Sniper, et je suis un algorithme.

Le client – *C'est combien ?*

Le vendeur – *1,50 dollar.*

Le client – *OK, j'en prends.*

Le vendeur – *C'est 1,51 dollar.*

Le client – *Euh… vous aviez dit 1,50 dollar.*

Le vendeur – *C'était avant de savoir que vous en preniez.*

Le client – *Vous ne pouvez pas faire ça !*

Le vendeur – *C'est mon magasin…*

Le client – *Mais je dois en acheter une centaine !*

Le vendeur – *Une centaine ? Alors c'est 1,52 dollar.*

Le client – *Vous êtes en train de m'arnaquer…*

Le vendeur – *C'est l'offre et la demande, mon pote. Tu prends ou pas ?*

5 | LE SOULÈVEMENT DES MACHINES

Le tableau le plus cher du marché de l'art représente un être humain en train de crier, le visage défiguré par des sentiments suicidaires. Le désespoir pousse parfois au cri, mais le cri n'est pas que désespoir. Jusqu'à la fin du XXe siècle, les marchés financiers baignaient dans une ambiance sonore faite de cris en tout genre. Puis, en moins d'un quart de siècle, le silence s'est peu à peu imposé : les humains ont été remplacés par des machines.

Au début des années 1980, à la Bourse de Paris, la vente ou l'achat d'actions avait lieu à la Corbeille, un espace tout en parquet délimité par des balustrades autour duquel se trouvaient les agents de change chargés d'exécuter les ordres de leurs clients. La Bourse était alors monopolisée par ces intermédiaires, réunis au sein de la Compagnie des agents de change, sans laquelle aucune banque ne pouvait investir : les agents étaient en effet les seuls habilités par l'État à passer des ordres. En ayant la mainmise sur le marché, ces intermédiaires étaient évidemment mal vus par le monde de la finance, c'est-à-dire les banques, car les négociations se faisaient entre eux, dans une certaine opacité, sans parler des inévitables connivences internes. Le métier d'agent de change se transmettait de manière héréditaire, de père en fils – un fonctionnement « ancestral ».

Chaque jour d'ouverture de la Bourse, les agents observaient la même routine. Entre 9 heures et 12 heures, ils collectaient les ordres de leurs clients arrivés à leur bureau par courrier, téléphone ou coursiers. À 12 heures, les agents se retrouvaient sur le parquet du palais Brongniart avec la totalité des ordres recueillis, puis à 12 h 30 un officier de police ouvrait officiellement la séance de cotation et tout le monde se mettait à crier.

Les valeurs étaient cotées selon un ordre précis, l'une à la suite de l'autre, et chaque valeur n'était cotée le plus souvent qu'une seule fois par jour. Un coteur annonçait un premier prix, auquel les agents de change répondaient à l'aide de cris et de gestes de la main pour signifier qu'ils étaient prêts à acheter ou à vendre tel volume de tel titre. La Corbeille était l'endroit le plus bruyant car c'était là que s'échangeaient les valeurs les plus importantes, celles des « quarante belles » – les quarante plus grandes sociétés françaises –, les autres valeurs étant négociées par les commis des agents de change. Après cette âpre période de négociation (le bruit et la sueur), le prix permettant un échange effectif était inscrit sur une ardoise, puis souligné lorsqu'il était définitif et les transactions achevées. Le marché se clôturait à 14 h 30. À 16 heures, les cotes officielles étaient publiées afin que les journaux du soir puissent les rendre publiques.

Le fonctionnement du marché parisien avait assez peu évolué depuis le XIXe siècle, mais au début des années 1980 le passage aux machines était devenu inévitable. « Le marché de Paris, qui était un marché au fonctionnement préhistorique, c'était l'éponge et la craie », rapporte un témoin de l'époque. Les Bourses anglo-saxonnes étaient déjà pourvues de systèmes électroniques plus ou moins automatisés, ces marchés fonctionnaient plus rapidement, coûtaient moins cher et poussaient certaines des quarante belles à trouver des investisseurs sur les places étrangères plutôt qu'à Paris – une situation un peu gênante pour l'État français, qui avait décidé de mettre la Bourse de Paris en ordre.

La commission chargée de l'informatisation décida d'adapter le système de négociation électronique utilisé à la Bourse de Toronto depuis 1977, CATS (Computer Assisted Trading System). Le nouvel outil français fut intitulé CAC, pour « cotation assistée en continu ». Les « quarante belles » seraient désormais cotées au CAC 40.

« C'était très artisanal, explique l'un des artisans du système. Surtout le dialogue avec les meneurs éventuels d'une révolte. Il y avait des gars qui étaient des vieux caïds du marché, et qui ne voyaient pas ça d'un très bon œil. C'étaient des types qui avaient 50, 55 ans. Ils voyaient bien qu'ils ne seraient pas capables de continuer à être les caïds d'un système qu'ils ne comprendraient pas bien. Donc, ils voyaient qu'ils pouvaient perdre leur pouvoir, perdre leurs moyens.»

Afin d'amadouer les «vieux caïds» de la Compagnie des agents de change, l'ordinateur fut présenté dans un premier temps comme «une prothèse à la criée» et non comme la machine qui allait les remplacer. Les agents de change continueraient à être physiquement présents sur le parquet et échangeraient en silence grâce aux terminaux informatiques, sur le modèle du New York Stock Exchange (NYSE), où les courtiers travaillaient en continu avec des ordinateurs sans que l'automatisation des échanges soit complète, et contrairement au NASDAQ qui bénéficiait depuis sa création d'un système de communication électronique des ordres lui permettant de se passer du parquet.

CAC offrait aux agents de change un «carnet d'ordres électronique». Le carnet d'ordres est la pièce maîtresse d'un marché. En tant que répertoire complet de tous les ordres de vente et d'achat d'actions disponibles lors du temps de cotation (prix, volumes, etc.), il est la substance vitale d'un marché: sans lui, et donc sans information sur le marché, aucun investisseur ne peut prendre de décision pour qu'une transaction ait lieu. Sans information sur le marché, celui-ci n'existe pas (c'est précisément cette course à l'information qui précipitera la finance dans les câbles des ordinateurs au XXIe siècle). Le carnet d'ordres existait bien avant l'arrivée de l'électronique, seules les technologies changèrent: l'ardoise fut remplacée par des disques durs, la craie par du code informatique.

Fallait-il installer les ordinateurs sur le parquet même de la Corbeille, ou bien dans les bureaux des agents de change? «Au départ, on s'est dit: "Il ne faut surtout pas casser la Bourse, il faut que les gens aillent à la Bourse, il faut qu'ils y soient tous les jours", commente un responsable de l'informatisation. On voulait faire des corbeilles de criée, des espèces de groupes de cotation avec des ordinateurs. Moi j'ai réfléchi à ça et j'ai dit: "Vous êtes complètement fous, les types vont travailler à la criée au-dessus, devant l'ordinateur?" Au contraire, il fallait les renvoyer chez eux... on a rentré les terminaux dans les maisons et on a mis sur les terminaux les caïds qu'on avait formés»: les Cacmen. La Corbeille commença à se vider.

Peu avant l'arrivée de CAC, la collecte des ordres auprès des clients des agents de change avait déjà été automatisée grâce à RONA, un système de « routage des ordres et des négociations automatisées ». Les ordres étaient saisis par les banques à l'aide d'un ordinateur, puis acheminés électroniquement vers les agents de change qui les imprimaient avant de se rendre au palais Brongniart. Lorsque la cotation assistée en continu fut mise en place se posa une question évidente mais délicate quant à la profession même des agents : avec RONA d'un côté, qui permettait de transmettre électroniquement les ordres, et CAC de l'autre, qui offrait désormais une cotation automatisée, ne suffisait-il pas de relier les deux systèmes pour que le marché fonctionne plus rapidement en se passant de toute intervention humaine ? Cette possibilité reçut un fort soutien de la part des banques, trop heureuses de pouvoir se passer des agents de change et de leurs négociations opaques.

« Je me souviens très bien d'une réunion où la direction a dit : "On va informatiser les réseaux ; on va faire dialoguer un ordinateur avec un ordinateur", témoigne un acteur de l'époque. Les syndicats avaient dit : "Ah, oui, mais vous nous aviez dit que non, que vous ne feriez jamais ça." Je me suis agité à côté et me suis dit : "C'est naïf de penser ça, franchement, c'est naïf de penser que, pour le plaisir, on ne va pas connecter quelque chose où vous avez dix personnes qui travaillent dessus et où, à la place, il y en aura à peine une pour surveiller." »

Sur la pression des agents, qui avaient bien compris que leur avenir était en jeu, la Bourse de Paris mit en place ce qu'elle appela « le filtre ». La « prise de responsabilité de l'agent de change sur l'ordre face au marché, cette défense de l'ordre du client, il fallait la matérialiser, explique un syndicaliste. Et c'est là où on va inventer le filtre. Le filtre, c'est le logiciel que moi, agent de RONA, je mets pour bien vérifier que l'ordre que vous me passez, via RONA, est compatible avec le marché et avec votre intérêt. Sous-entendu : que vous n'allez pas faire exécuter votre ordre dans des conditions insupportables pour votre intérêt. » Le filtre permit ainsi, pendant quelque temps encore, de justifier la responsabilité des agents dans le fonctionnement du marché.

Mais les banques désiraient aussi lever le secret de la « boîte noire » des négociations passant par le filtre des agents. En clair, elles exigèrent que les informations sur le carnet d'ordres devenu électronique soient disponibles non seulement pour les agents de change, mais aussi pour les investisseurs, à savoir les agences bancaires. Or cette diffusion massive et égalitaire des informations financières demandait un réseau de communication si puissant que les machines n'arrivaient pas à suivre. « On avait fait les calculs. En mettant à jour tous les terminaux reliés à l'ordinateur central parce qu'un malheureux terminal envoie un ordre, vous explosiez n'importe quelle configuration. Vous explosiez le plus gros des ordinateurs IBM. »

La solution passa par les ondes : Télédiffusion de France ayant un canal disponible pour la transmission d'informations numériques, il fut décidé que tout changement dans le carnet d'ordres susceptible de faire évoluer le marché serait signalé aux différents acteurs par voie hertzienne, puis plus tard par satellite. Grâce aux ondes, les donneurs d'ordres et les agents étaient désormais sur un pied d'égalité. L'opacité des négociations des agents de change commençait à s'éclaircir.

Le passage de la criée aux machines permit au marché parisien de fonctionner plus rapidement, et en continu. Toutefois, certaines pratiques du temps de la criée perdurèrent, comme la possibilité de ne pas révéler en une seule fois l'intégralité du volume des ordres passés aux agents de change. En ne dévoilant qu'une partie des titres proposés à la vente, les intermédiaires permettaient au marché de ne pas être déstabilisé lorsqu'un important investisseur vendait tout à coup un gros volume d'actions, ce qui pouvait éventuellement laisser croire aux autres intervenants que les titres en question – suite à une information dont ils ne disposaient pas – ne valaient plus la peine d'être achetés, entraînant ainsi l'effondrement de son cours boursier.

CAC conserva également la règle du « tour de table » héritée de la criée : tous les agents négociaient à la Corbeille, au même moment et ensemble, le prix des titres à échanger avant que les transactions ne se fassent. Ce tour de table s'opposait au principe du « premier déclaré, premier servi » (l'agent qui était le premier à proposer une offre d'achat sur un titre remportait le marché). Mais la persistance du tour de table n'était pas une concession faite aux agents par les banques. Elle venait simplement du fait que l'algorithme utilisé par CAC était techniquement incapable de déterminer avec fiabilité lequel des agents avait passé l'ordre en premier. Ce problème d'horodatage rendait tout bonnement impossible le principe de la « priorité de temps ». Les humains avaient encore une longueur d'avance sur les machines, mais plus pour très longtemps.

La mise en place du nouveau système de négociation électronique fut un peu chaotique. « On ne savait pas faire fonctionner l'ordinateur, témoigne un ancien responsable informatique, un truc antédiluvien, le système CATS… » Et puis à l'origine CAC fonctionnait à l'aide de serveurs localisés à Toronto, profitant du décalage horaire avec Paris pour les utiliser quand le Toronto Stock Exchange était fermé. Quand un bug survenait, les commis l'attribuaient avec ironie aux requins qui attaquaient le câble transatlantique reliant l'Europe à l'Amérique du Nord.

Malgré tout, la première cotation électronique à la Bourse de Paris eut lieu le 23 juin 1986. Les autorités françaises avaient hésité quant au nouveau nom du système électronique. L'acronyme SIAC avait été retenu dans un premier temps, pour « système informatique d'assistance à la cotation », mais en ce même mois de juin 1986 SIAC devint CAC. Il n'est pas interdit de penser que le nouveau sigle reprenait volontairement celui de la Compagnie des agents de change. Le symbole était fort : les trois lettres CAC ne désignaient plus une communauté d'êtres humains mais un réseau de machines.

L'arrivée des ordinateurs mit au chômage bien des agents de change, malgré les grèves et les cris – de protestation cette fois. (Les machines avaient entre autres avantages l'amabilité de ne pas faire grève.) Les responsables de l'informatisation de la Bourse de Paris – et avec eux les banques – jouèrent d'un effet de surprise pour imposer les ordinateurs en lieu et place de la confrontation à la criée, alors même que les syndicats des agents étaient restés plutôt sereins tant ils ne croyaient pas au fait d'être remplacés par des machines. CAC avait également le soutien du nouveau gouvernement libéral français, dirigé par Jacques Chirac, qui mettait en œuvre un programme de privatisations à tout-va. Quelques mois plus tard, le marché londonien – le plus ancien du monde, déjà informatisé depuis le début de l'année – allait également être libéralisé par Margaret Thatcher et si rapidement que l'opération prit le nom de « Big Bang ».

Toutefois, malgré les plans sociaux drastiques, les agents de change de la place de Paris n'allèrent pas aussi loin que leurs semblables américains, comme lorsque le Chicago Mercantile Exchange (CME) passa à l'ère de l'électronique : « L'idée même de négociation électronique était considérée comme l'équivalent du Côté Obscur, raconte quelques années plus tard le président du CME. Peu importe qui proposait sérieusement ce concept, il devenait automatiquement le Dark Vador des marchés futurs.

À vrai dire, j'ai reçu plus d'une fois des petits colis anonymes qui faisaient "tic-tac" – cela se passait bien avant que l'anthrax ne devienne la missive de choix. Les menaces de mort dans ma boîte aux lettres n'étaient pas non plus spécialement rares» ; ce qui justifia la mise sous protection policière de l'intéressé.

La Corbeille du palais Brongniart fut démantelée le 15 juillet 1987, un an après que la Bourse de Paris fut devenue une plateforme électronique où les cris n'étaient plus nécessaires.

En 2000, après avoir fusionné avec d'autres places européennes – une fusion rendue possible grâce à Supercac, la version optimisée de CAC –, la Bourse de Paris prit le nom d'Euronext.

Puis en 2007, au moment même où les algorithmes allaient réellement prendre le pouvoir sur les marchés, elle fut rachetée par le New York Stock Exchange et devint NYSE Euronext ; les marchés étaient désormais mondiaux.

«Jamais un ordinateur ne pourra avoir le degré de finesse que nous avons nous», avait affirmé le commis d'un agent de change parisien, sceptique face à l'arrivée des machines. En 2013, cette phrase fait bien évidemment hurler de rire n'importe quel connaisseur des marchés financiers. La naïveté humaine fit que personne (ou presque), à la fin des années 1980, n'avait idée de ce que pouvaient devenir les marchés financiers du XXIe siècle, pas même ceux qui passaient à l'époque pour les Dark Vador des marchés. Le Côté Obscur allait devenir bien plus sombre encore, même pour les banques qui avaient soutenu l'informatisation des Bourses en exaltant la plus grande transparence des ordinateurs et le partage égal de l'information. En réalité, les banques allaient construire des boîtes si noires que personne – y compris les plus grandes banques elles-mêmes – n'y verrait plus rien.

Les premiers projets d'automatisation des marchés financiers remontaient en réalité aux années 1960. En 1963, la SEC évoquait déjà le sujet dans un rapport circonstancié. En 1971, le mathématicien Fischer Black publia la première analyse sur l'informatisation de la cotation, intitulée «Vers une bourse des valeurs totalement automatisée». Black devint ensuite célèbre non pas en tant qu'auteur de cet article pionnier, mais pour la formule qu'il développa avec l'économiste Myron Scholes en 1973, le célèbre modèle Black-Scholes qui permet de déterminer le prix d'un produit dérivé, largement utilisé par les marchés depuis lors.

En 1977, la Commodity Futures Trading Commission (CFTC, l'autorité de régulation des marchés de produits dérivés, consœur de la SEC) organisa une conférence «sur l'automatisation de l'industrie des produits dérivés». Ces premières réflexions sur l'importance croissante des machines eurent vite fait de convaincre tous les acteurs que l'avenir des marchés financiers reposait sur les machines. Grâce à la montée en puissance de la technologie, les Bourses allaient radicalement changer de visage. Elles allaient même perdre tout visage.

Il faudra pour cela faire sauter les filtres humains.

Libéraliser les marchés et déréguler la finance.

Changer des règles qui remontaient parfois à deux siècles.

Il faudra investir des centaines de millions de dollars, puis des milliards.

Il faudra concevoir un algorithme capable de gérer la priorité de temps.

Puis soumettre les humains à la temporalité des ordinateurs.

Ainsi débutera une nouvelle ère, celle du soulèvement des machines.

En 1987, l'année même où la Corbeille de la Bourse de Paris fut démantelée, Sheldon Maschler décida de passer à la vitesse supérieure. Petit, trapu, bâti comme un taureau, Sheldon Maschler était un buveur invétéré de scotch Dewar's et fumait des cigares Macanudo comme un pompier. Lorsqu'il reçut la visite de costumes de la SEC, qui s'étaient introduits dans ses bureaux proches de Broad Street sans s'être annoncés, Maschler piqua une colère noire: «PUTAIN… mais vous êtes QUI… ? Si ma braguette était ouverte, est-ce que vous viendriez me tailler une pipe ?» Il renvoya les costumes à l'entrée de l'immeuble, les fit appuyer sur la sonnette puis leur ouvrit la porte. «N'est-ce pas mieux ainsi ?», demanda-t-il, exhalant tout sourire la fumée de son Macanudo au visage des visiteurs.

Sheldon Maschler n'aimait pas la SEC. D'ailleurs, il détestait à peu près tout le monde à Wall Street, et particulièrement le NASDAQ. Maschler n'avait rien à voir avec les costumes recrutés à Princeton et consorts. Pour lui, tous ces protestants issus des «meilleures» universités avaient transformé Wall Street en un club fermé réservé à des analystes et des à pseudo-spécialistes comme ces *market makers*, ces opérateurs de marchés, courtiers et autres intermédiaires qui représentaient les investisseurs dans les marchés en échange de commissions sur les transactions que Maschler jugeait indécentes. Le NYSE comme le NASDAQ étaient considérés comme un duopole où les échanges se faisaient de manière opaque: il n'y avait aucun moyen de savoir ce qui se tramait réellement derrière les façades tout en colonnes marbrées du NYSE. Mais Maschler était persuadé que l'arrivée des machines allait changer la donne : pour que les marchés électroniques soient réellement efficaces, l'information devait être totalement libre. Il fallait pénétrer l'obscurité des marchés et passer de l'autre côté des murs, par n'importe quels moyens. Il fallait être malin et se montrer agressif.

En 1986, Sheldon Maschler avait dû quitter la société de courtage du New Jersey où il travaillait, en raison de liens présumés entre cette dernière et le crime organisé. Au même moment, il rencontra son alter ego idéal, Josh Levine, et engagea ce jeune homme de 19 ans doué en informatique et bon marché pour réparer l'antenne satellite de sa maison. Grâce à Maschler, Levine se mit à lire avec avidité les manuels techniques des logiciels informatiques utilisés dans les marchés. Obsédé par ces nouvelles machines depuis que ses parents avaient acheté leur premier PC (à l'âge de 17 ans il passait pour être un as de la programmation), Levine partageait avec Maschler l'opinion que les marchés financiers fonctionnaient à l'ancienne, avec tous ces humains qui gesticulaient dans un chaos indescriptible, accrochés à leurs téléphones.

Maschler s'aperçut rapidement que le jeune Levine, crâne rasé, jeans en loques et baskets trouées, n'avait rien à voir avec tous ces *yuppies* dont raffolait Wall Street. Rien à voir avec Gordon Gekko, ce héros d'un film d'Oliver Stone transformé en icône du monde financier des années 1980. Rien à voir non plus avec Maschler lui-même, mais cela n'avait aucune importance. Grâce au génie du jeune informaticien, Maschler allait enfin pouvoir parvenir à ses fins : attaquer les marchés financiers en commençant par l'un des plus importants au monde.

Le NASDAQ – acronyme de National Association of Securities Dealers Automated Quotations – avait officiellement ouvert ses câbles le 8 février 1971, après deux ans de rodage. Comme son nom complet l'indique, il s'agit d'un marché entièrement automatisé : à l'aide d'un réseau de télécommunication assez poussé pour l'époque, il mettait en relation des centaines de traders géographiquement disséminés à travers les États-Unis, et cela grâce à de simples terminaux connectés à un ordinateur central situé à Trumbull (Connecticut), lequel distribuait les informations sur le carnet d'ordres à tous les intervenants. Nul besoin d'êtres humains regroupés sur un parquet, et nul besoin de faire paraître les cotations dans les journaux du soir.

«C'était un miracle absolu que de pouvoir appuyer sur un bouton et de voir apparaître à l'écran les offres et les demandes de tous ces gens éparpillés dans le pays. À l'époque, c'était le *nec plus ultra*», se souvient Gordon J. Macklin, le directeur de ce qui devint rapidement le deuxième marché mondial. Malgré l'ordinateur de Trumbull, qui envoyait les informations sur les écrans des opérateurs, le NASDAQ était un «parquet virtuel» – au contraire du NYSE qui conservait un parquet peuplé d'humains –, le premier marché où les cotations étaient uniquement accessibles via l'écran d'un ordinateur. Pour les traders agréés par la SEC, il suffisait d'avoir un PC transformé en terminal grâce au logiciel du NASDAQ, le Level II Workstation, puis un écran pour lire les informations, quelques lignes de téléphone pour recevoir les ordres donnés par les investisseurs, un clavier pour les saisir – et ce qu'on appelait encore «la Bourse» pouvait alors fonctionner.

Toujours en 1987, cette même année où Sheldon Maschler avait l'intention de lancer ses machines à l'assaut du marché automatisé, Thomas Peterffy recevait inopinément la visite d'un inspecteur du NASDAQ.

Né en Hongrie en 1944 dans les sous-sols d'un hôpital soumis aux bombardements des communistes, Peterffy profita d'un bref séjour en Allemagne de l'Ouest, à l'âge de 21 ans, pour obtenir un visa lui permettant d'entrer aux États-Unis où il arriva seul, sans connaître l'anglais. Grâce au colocataire de son petit deux-pièces, un moine défroqué car trop porté sur les femmes et sur le whisky, il dégota un premier travail de dessinateur industriel dans une entreprise de génie civil. En 1964, l'entreprise acheta son premier ordinateur, et comme souvent à l'époque peu de gens étaient capables de comprendre et de faire fonctionner ces nouvelles machines extravagantes, Peterffy se porta volontaire. Il s'immergea dans les manuels, apprit le code informatique et réussit finalement à programmer ses premiers algorithmes. «Le langage informatique était plus facile à apprendre que la langue anglaise», dit plus tard Peterffy, ce que peut confirmer n'importe quel anthropologue: même pour un enfant de six ans, un langage formel comme le code informatique est nettement plus simple à apprendre que les langues naturelles parlées par les humains.

Peterffy s'avéra être un codeur hors pair: «J'ai réalisé que si je pouvais maîtriser la manière dont les ordinateurs fonctionnaient, je pouvais trouver du travail.» Bingo: en 1967, grâce au réseau new-yorkais de la diaspora hongroise, il se fit engager par une entreprise qui procurait de l'assistance technique aux clients de Wall Street incrédules face à l'arrivée de ces nouveaux objets qu'étaient les écrans et les claviers. Peterffy commença alors à s'intéresser au fonctionnement des marchés financiers.

En 1987, la visite du NASDAQ n'était pas anodine. Les responsables du marché électronique avaient constaté que le nombre d'ordres passés par les traders de Peterffy, via le Level II Workstation, était étonnamment élevé. En arrivant dans les bureaux du Hongrois, situés dans le World Trade Center depuis un an, l'inspecteur s'attendait à trouver une horde de mâles blancs sortis des universités en train de s'agiter, tout en sueur, pendus à leurs téléphones. Mais tout était calme. « Où sont vos traders ? », demanda le contrôleur. « C'est ça, tout est là », répondit Peterffy en désignant un ordinateur IBM relié au seul terminal officiel du NASDAQ qui se trouvait dans la pièce. L'inspecteur regarda l'ordinateur avec surprise et suspicion.

Dans les années 1970, Thomas Peterffy fut sans doute l'un des très rares humains, du côté de Wall Street, à posséder les qualités nécessaires pour devenir l'un des pionniers des transactions électroniques. Il maîtrisait parfaitement les langages informatiques, avait une bonne connaissance des mathématiques, et puis surtout, il avait une idée précise de ce que pouvaient devenir les marchés financiers grâce à la technologie. Peterffy avait compris que tout était dans les machines. Et dans les algorithmes.

En 1977, après avoir acheté son premier PC Olivetti, il fonda une société de courtage sur le parquet de l'American Stock Exchange (AMEX), l'un des trois plus gros marchés américains de l'époque. Comme l'AMEX n'autorisait pas l'utilisation de machines dans la salle de marché, Peterffy se servait des algorithmes qu'il programmait avec son PC dans son bureau. Ces lignes de codes informatiques permettaient d'estimer mathématiquement si une action devait être achetée ou vendue en fonction de l'état du marché, avec une précision et une rapidité qui dépassaient les capacités d'un être humain. Peterffy imprimait les résultats donnés par les algorithmes, puis les reliait dans d'énormes classeurs qu'il apportait sur le parquet de l'AMEX. Il se souviendra plus tard, avec ironie, de cette époque où ses concurrents voyaient arriver cet immigré à l'accent anglais épouvantable muni de ses énormes classeurs. Mais Peterffy restait concentré : « Quand j'étais sur le parquet, je réfléchissais à la manière dont je pouvais mettre tout cela dans le programme d'un ordinateur. Je commençais à coder dans ma tête. » Chaque soir, de retour à son bureau, il améliorait ses algorithmes en fonction de la situation du marché, et revenait le lendemain avec ses classeurs. « Les autres gars me regardaient comme si j'étais complètement fou. »

Il engagea ensuite des traders pour l'aider sur le parquet de l'American Stock Exchange. Ceux-ci prenaient des décisions en fonction des informations imprimées dans les classeurs, mais ils devaient parallèlement suivre l'évolution du marché sur l'écran officiel de l'AMEX. Passer d'une information à une autre leur faisait perdre trop de temps. Il fallut alors inventer un outil qui n'existait pas, une sorte de tablette, du genre tactile. Il recruta des doctorants en physique de l'université de New York pour travailler sur ce nouvel outil. Malgré les récriminations de certains de ses dirigeants, l'American Stock Exchange donna finalement son accord pour que Peterffy puisse utiliser ses tablettes sur le parquet. Les traders pouvaient lire sur l'écran tactile les résultats des algorithmes installés dans les tablettes, puis celles-ci furent reliées par un câble à l'ordinateur de l'AMEX qui donnait les informations sur le carnet d'ordres. Les traders eurent ainsi accès à toutes les informations nécessaires grâce à un seul et même appareil, qui fonctionnait comme un proto-iPad ; ils passaient d'une application à une autre en fonction des titres cotés.

« Les gens souriaient parce qu'ils pensaient que c'était un truc bizarre, raconte Peterffy. Ils savaient ce que j'essayais de faire, mais ils pensaient que cela ne marcherait jamais ». Pourtant les tablettes fonctionnaient parfaitement, quoiqu'un jour l'une d'elles partit en flammes sur le parquet. En 1983, il tenta de les importer au Chicago Board Options Exchange (CBDO). Même après avoir réduit la taille des tablettes car les dirigeants du marché craignaient qu'elles ne soient trop encombrantes – elles mesuraient 30 cm de long sur 22 cm de large –, le CBDO s'opposa à ce que les machines tactiles soient utilisées sur son parquet. D'après un ancien de Chicago, « les gens devenaient hystériques à l'idée de changer les règles ». « Tom était visionnaire, témoigne un ancien associé de Peterffy devenu plus tard vice-président de Lehman Brothers, mais les gens avaient peur que cette nouvelle technologie ne change trop leur univers. » Rétrospectivement, ces humains réfractaires n'avaient pas tort.

En revanche, en 1985, le marché d'option du NYSE autorisa les ordinateurs sur son parquet, espérant grâce à eux gagner en volume et prendre le dessus sur le marché concurrent qu'était le CBDO. Peterffy profita de l'occasion pour reprogrammer tous ses algorithmes en langage C, au lieu du Fortran qu'il utilisait auparavant. Le NYSE instaurait toutefois une règle contraignante :

les machines devaient rester à plus de dix mètres du parquet où s'agitaient les traders humains, ce qui rendait impossible l'utilisation des tablettes. Peterffy développa alors un système de communication à partir d'ampoules colorées : dans l'espace où étaient autorisées les machines, il relia son ordinateur à un appareil qui envoyait des signaux lumineux aux traders. Chaque ampoule avait une couleur se rapportant à un chiffre, de 0 à 9. Après deux jours d'apprentissage, les traders eurent vite fait de comprendre le système et purent saisir sur le terminal du NYSE les ordres suggérés par les algorithmes, lesquels avaient entre-temps été transformés en signaux lumineux. Face aux remous suscités par la machine (les autres traders l'avaient surnommée HAL, une allusion à l'ordinateur du film de Stanley Kubrick *2001. L'Odyssée de l'espace*), Peterffy distribua le code à tout le parquet : le marché devait être libre, et équitable.

En 1987, il est peu probable que le contrôleur du NASDAQ ait eu la moindre conscience du chemin parcouru par l'immigré hongrois. Peterffy n'avait plus besoin de tablettes, ni même d'êtres humains. Les algorithmes de l'ordinateur IBM (qui avait remplacé l'Olivetti) travaillaient à la place des traders habituels. Reliés au terminal du NASDAQ, ils lui avaient permis de gagner cette année-là 25 millions de dollars, alors que les codes lumineux au NYSE ne lui avaient rapporté que 5 malheureux millions l'année précédente. Thomas Peterffy fut l'un des tout premiers à comprendre que l'avenir des marchés financiers reposait sur des lignes de codes informatiques optimisés, des puces électroniques dernier cri, des modèles mathématiques complexes et des traders humains de haut niveau suffisamment intelligents pour rendre les algorithmes tout aussi intelligents.

Une fois cette intelligence incorporée dans les lignes de codes des algorithmes, les puces électroniques s'activaient et l'ordinateur prenait des décisions en quelques secondes. Les machines n'étaient pas obligées de scruter plusieurs écrans, d'annuler un ordre résultant d'une erreur de frappe ou de faire une pause-déjeuner. Et surtout elles étaient plus rapides. Il y avait là beaucoup d'argent à gagner – *énormément* d'argent. Pour cela, il avait simplement suffi de brancher un ordinateur IBM sur le terminal officiel du NASDAQ. Seule la machine expliquait la rapidité avec laquelle les ordres arrivaient au terminal, ce qui justifiait la visite du contrôleur.

« Je ne pense pas que vous pouvez faire ça », finit par lâcher l'inspecteur. Peterffy vacilla un instant – ces quelques mots remettaient en cause toute sa vision des marchés financiers –, mais le contrôleur repartit en promettant d'interroger sa direction. Il appela quelques jours plus tard pour confirmer ses doutes : un des points du règlement stipulait que les ordres devaient obligatoirement être saisis sur le clavier du terminal officiel. Pour Peterffy, cela signifiait remettre un humain sur le clavier, et avec lui sa pause-sandwich, ses erreurs et sa lenteur. Inconcevable.

En une semaine – le délai donné par le NASDAQ pour débrancher l'IBM –, avec l'aide de ses meilleurs ingénieurs, de beaucoup de câbles et de lignes de codes, il construisit une machine qui devait se comporter comme n'importe quel humain face à l'écran du terminal. Le robot devait remplir deux tâches principales : lire à l'écran les informations sur l'état du marché – du simple texte – et saisir des ordres sur le clavier en fonction des informations qui défilaient à l'écran. Peterffy et ses ingénieurs installèrent une imposante lentille de Fresnel sur l'écran du terminal pour grossir les informations, derrière laquelle ils placèrent une caméra. La caméra était reliée à un premier ordinateur qui décodait l'image et la transformait en texte. Ces données reconstituées étaient ensuite envoyées sur l'IBM où Peterffy faisait tourner ses algorithmes. Restait à résoudre le problème de la saisie des ordres. Le règlement du NASDAQ exigeait qu'ils soient exécutés « à l'aide du clavier », mais il ne disait pas qui (ou quoi) devait se retrouver derrière le clavier. Avec des bouts de caoutchouc et des pistons, les ingénieurs fabriquèrent des mains artificielles qui tapaient à la machine automatiquement. Et rapidement. Le bruit des doigts de l'appareil frappant les touches avec frénésie rendait parfois les conversations difficiles, mais la machine faisait parfaitement ce qu'on lui demandait : saisir des ordres sur le clavier en fonction des informations décodées depuis l'écran du terminal et qui entre-temps avaient été traitées par les algorithmes de Peterffy.

Lorsque l'inspecteur du NASDAQ revint une semaine plus tard pour vérifier que tout était en ordre, il se retrouva face à un cyborg pourvu d'un œil énorme et de doigts artificiels, un mélange de mécanique du XIXe siècle, d'optique des années 1970 et de code informatique dernier cri. Il regarda la machine s'agiter bruyamment sur son clavier. Peterffy sentit que la situation allait lui échapper et joua son va-tout, avec humour, en proposant de construire un mannequin autour du robot, comme pour donner l'illusion qu'il s'agissait d'une secrétaire en train de taper à la machine, mais l'inspecteur quitta les bureaux sans plus de commentaire. Il n'avait pas grand-chose à dire : le cyborg respectait les règles.

Grâce à ses premiers algorithmes et à Interactive Brokers, sa société de courtage au nom explicite fondée en 1977, l'immigré hongrois qui avait quitté son pays natal sans parler anglais ni même savoir ce que pouvait être un ordinateur allait amasser une fortune estimée par *Forbes* en 2012 à quelque 5 milliards de dollars. Lorsqu'en 1999 Goldman Sachs tenta de racheter Interactive Brokers pour 900 millions de dollars, Peterffy refusa : il en voulait 3 milliards, minimum.

La première phase du soulèvement des machines débuta à la fin du XIXe siècle, lorsque l'apparition du signal électrique permit aux informations de circuler d'un bout à l'autre du pays grâce au télégraphe, et culmina avec le cyborg fabriqué par Peterffy et ses associés. À la fin du XXe siècle, il fut rapidement possible de relier tous les ordinateurs entre eux grâce à des câbles offrant la possibilité de faire passer davantage d'informations, des puces électroniques de plus en plus rapides, et des algorithmes surpuissants. Le réseau de machines allait devenir mondial. Et les quelques secondes que prenait le cyborg pour analyser l'information et saisir les ordres ne seraient plus que des dixièmes, puis des centièmes de seconde. Puis des millisecondes. Puis des microsecondes, c'est-à-dire des millionièmes de secondes. Et enfin des nanosecondes.

Thomas Peterffy fut un codeur hors du commun, mais en 1987 son cyborg appartenait déjà au passé : l'avenir était dans les doigts de virtuoses comme Josh Levine. L'informaticien à peine sorti de l'adolescence faisait partie de cette nouvelle génération de *geeks* à l'allure négligée qui allait remplacer les costumes de Princeton et initier la seconde phase du soulèvement des machines : celle qui allait mener droit au trading à haute fréquence.

En 1986, Levine passa l'examen officiel de la National Association of Securities Dealers (NASD), celle-là même qui avait créé le NASDAQ en 1971 et qui en régulait le fonctionnement. Il pouvait donc logiquement devenir l'un de ses traders accros à leurs téléphones, les yeux rivés sur un écran, mais comme il pronostiquait leur disparition à plus ou moins long terme il préféra fonder sa société du nom de Joshua Group Limited. Levine commença par rencontrer plusieurs dirigeants haut placés de Wall Street pour les convaincre de l'avenir des machines au sein des marchés. Comme la plupart de ses interlocuteurs avaient tendance à lui rire au nez, il mit ses talents de codeur au service de sa clientèle et réalisa divers petits programmes pour le NYSE, Shearson Lehman Hutton (l'ancêtre de Lehman Brothers) ou Tiger Management.

Mais tout cela n'était encore que du bidouillage. Le programme créé pour Tiger Management imprimait automatiquement des cotations et facilitait le travail des traders en fin de journée, or le papier était une technologie d'un autre temps. Levine savait que ces vieilleries allaient faire long feu : compte tenu de l'accroissement des échanges boursiers – une conséquence de la révolution conservatrice des années 1980 –, la masse des titres échangés sur les marchés ne pourrait bientôt plus être absorbée par les seuls êtres humains. L'un des pires événements de l'histoire des marchés financiers américains allait lui donner raison.

En juillet 1987, Sheldon Maschler prit la direction des nouveaux bureaux new-yorkais de Datek Securities, une société de courtage basée à Brooklyn. Datek voulait monter en puissance grâce aux échanges automatisés du NASDAQ et considérait (à raison) que Maschler, du fait de son agressivité envers Wall Street, était la personne idéale pour parvenir à cet objectif. Maschler invita Josh Levine à rejoindre la nouvelle entreprise. L'immeuble où se trouvaient les bureaux était ancien et infesté de rats, ce qui expliquait le loyer modeste demandé par ses propriétaires, mais son adresse, le 50 Broad Street, était à la fois symbolique et stratégique : à deux pas du NYSE honni et dans la même rue que le siège social de la plus grande banque du monde, Goldman Sachs.

Le lundi 19 octobre 1987, trois mois après l'ouverture des bureaux de Datek et suite à cinq jours consécutifs de baisse, les marchés américains connurent le deuxième grand krach boursier de leur histoire : le fameux « lundi noir », en référence au « jeudi noir » de 1929. En quelques heures, l'indice Dow Jones Industrial Average chuta vertigineusement de 508 points (± 22,6 %) et entraîna dans son sillage quasiment toutes les autres Bourses du monde. Les raisons économiques de ce krach furent multiples et alimentèrent une vaste littérature, mais en ce matin du 19 octobre l'événement qui eut le plus de conséquences sur le soulèvement des machines fut moins le début d'une crise économique que l'inaptitude des humains à gérer un tel effondrement.

Paniqués par la chute des cours, trop occupés à comprendre l'effet boule de neige du krach, les opérateurs de marchés eurent du mal à répondre à tous les appels téléphoniques de leurs clients – des investisseurs qui voulaient liquider leurs positions et vendre le plus rapidement possible avant que la valeur de leurs actions ne baisse encore davantage. Et l'impossible se produisit : abasourdis par la vitesse des événements, les intermédiaires furent submergés de toute part et finirent par ne plus répondre. Les téléphones sonnaient dans le vide. Le lien entre les investisseurs et les marchés était rompu.

Sheldon Maschler tenait là la preuve irréfutable que tous ces intermédiaires étaient un frein au bon fonctionnement des transactions boursières. Cette journée du 19 octobre 1987 donnait aussi raison à Josh Levine : il était impossible aux seuls traders humains d'absorber un flux d'informations devenu beaucoup trop important pour eux. Le téléphone étant devenu complètement inutile à partir du moment où plus personne n'était au bout du fil, il fallait tout simplement le remplacer par des machines.

Suite à ce fameux lundi noir, les marchés tentèrent de trouver des parades pour désengorger les flux d'ordres que les traders n'avaient pas réussi à gérer. Pour le NASDAQ, la solution s'appelait Small Order Execution System (SOES), un système déjà disponible depuis deux ans mais très peu utilisé jusqu'alors. Le SOES avait été initialement conçu pour permettre aux petits investisseurs de passer des ordres sans passer par les lignes de téléphone des spécialistes, lesquels avaient ainsi tout loisir de se concentrer sur les transactions des investisseurs importants comme les banques. Avant le SOES, les petits investisseurs devaient parfois attendre une journée entière avant que leurs ordres ne soient *effectivement* exécutés par les traders, ce qui faussait le jeu (l'ordre du matin était exécuté l'après-midi et, comme le marché avait entre-temps pu évoluer, cet ordre pouvait très bien se retrouver caduc). Malheureusement, alors que le NASDAQ considérait le SOES comme une opportunité offerte aux petits investisseurs et une manière d'éviter des flux trop importants, le nouveau système fut très vite perverti et devint le cheval de Troie de professionnels agressifs comme Sheldon Maschler. Ces traders acerbes allaient devenir de véritables brigands. Le NASDAQ avait en réalité conçu lui-même un système qui le rendait vulnérable.

Maschler, via un ami trader, eut vent d'une faille dans le SOES, qui était en réalité une conséquence imprévue liée à l'automatisation complète des ordres : alors que les gros investisseurs passaient par des traders humains (lesquels saisissaient les ordres sur leurs ordinateurs en fonction des informations transmises via téléphone), le SOES était complètement automatisé. L'exécution des transactions via le SOES était donc plus rapide. Il y avait donc un décalage temporel entre les ordres des traders humains et ceux passés via le SOES. Grâce à la rapidité du SOES, il était donc possible de faire des petits bénéfices, de l'ordre de 0,25 dollar.

Ces transactions très rapides conduisirent à l'apparition d'un nouveau genre de spécialistes : les traders au jour le jour. L'objectif de ces nouveaux agents n'était plus d'investir sur le long terme mais de jouer sur des petites différences de prix pour acheter et revendre au plus vite des titres aux cotations fluctuantes. En clair, ces nouveaux traders « volaient » les gains potentiels des vrais investisseurs en jouant sur le court terme – une opération déjà connue sous le nom de *scalping* –, raison pour laquelle, largement aidés par la rapidité de calcul des machines, ils furent désignés sous le vocâble de « bandits du SOES ».

Lorsque le 30 juin 1988, huit mois après le lundi noir, le NASDAQ mit en place une version améliorée du SOES, une véritable course au petit profit commença entre bandits : celui qui parvenait à scalper les autres le plus rapidement possible remportait les 25 *cents*, et beaucoup d'argent à la fin de la journée. Peu importait que le NASDAQ eût institué une règle imposant un délai de quelques minutes avant de passer un nouvel ordre sur un même titre, ce qui interdisait *de facto* de jouer à quelques secondes près sur des écarts de prix. Les bandits passèrent outre et s'en donnèrent à cœur joie. Pour Sheldon Maschler, le SOES était la porte dérobée tant rêvée qui lui permettait de pénétrer les marchés en se passant de l'opacité des spécialistes, le plus incroyable étant que cette porte avait été ouverte par le NASDAQ lui-même. Le SOES offrait l'occasion de mettre tous les traders sur un pied d'égalité, et Datek allait enfin pouvoir jouer dans la cour des grands : grâce aux machines, les ordres passés par des petites sociétés de courtage n'allaient plus devoir attendre que ceux des grandes banques comme Goldman Sachs soient traités en priorité. Les voyous comme Sheldon Maschler et bien d'autres pouvaient déclarer la guerre à Wall Street.

Cette course au profit entre bandits du SOES et traders institutionnels prit parfois une tournure violente. Si Sheldon Maschler avait toujours détesté les opérateurs de marchés – et tout spécialement ceux du NASDAQ –, lui-même était devenu, pour les *markets makers* traditionnels, l'ennemi numéro 1. Lorsqu'un courtier dénommé Jerry Rosen chercha un jour à vendre un grand nombre d'actions d'Airship International, une société spécialisée dans les dirigeables, Datek proposa de vendre quelques actions du même titre à 0,25 dollar de moins que Rosen, ce qui obligea ce dernier à s'aligner sur le prix de Datek. Rosen s'était fait scalper. Furieux, il sortit en trombe de son bureau, situé à quelques dizaines de mètres de celui de Maschler, et débarqua chez Datek en hurlant : « Tu as recommencé, putain, je vais te tuer », avant de se ruer sur Maschler, lequel saisit un coupe-papier qu'il planta dans l'épaule de son agresseur.

Même si la blessure était sans gravité, Rosen appela la police et Maschler fut conduit au poste. Soucieux d'arrondir les angles, le patron de Rosen demanda aux deux enragés de se réconcilier. Lors d'un déjeuner, Rosen offrit à Maschler de ne pas porter plainte contre un dédommagement de 50 000 dollars. Mais Maschler fut encore le plus roublard : avant d'arriver au restaurant il avait caché un micro dans sa veste, aussi put-il répondre tranquillement que si ce dernier allait devant la justice, il irait en retour déposer plainte pour extorsion, ce dont il avait la preuve grâce à l'enregistrement qu'il était en train de faire à l'instant même. Rosen battit retraite sans demander son reste.

Pendant que Sheldon Maschler transformait peu à peu Datek en une énorme machine à cash, Josh Levine continuait à améliorer l'efficacité des machines. En 1990, en passant par l'antenne satellite de la maison de Maschler, il avait par exemple réussi à pirater les données de Standard & Poor's, une société de notation financière dont l'indice S&P 500, qui regroupe les informations sur les 500 plus grandes capitalisations boursières des États-Unis, avait détrôné le Dow Jones Industrial Average. Levine pouvait en outre désormais compter sur Jeff Citron, un talentueux trader que Maschler avait engagé car il avait le profil parfait pour enrichir la société : il était intelligent et voulait gagner beaucoup d'argent.

Le plus gros enjeu concernait les transactions passées par Datek via le SOES. Le volume des ordres de plus en plus nombreux transitant par les machines était devenu une difficulté grandissante pour les traders qui étaient obligés, chaque jour, après la fermeture des marchés, d'imprimer tous les mouvements à partir du Level II Workstation afin de calculer les montants qu'ils avaient effectivement engrangés – cela représentait parfois des centaines et des centaines de pages. Levine, avec l'aide de Citron, reprit le petit programme qu'il avait concocté pour Tiger Management et décida cette fois de se passer complètement du papier. Il relia le signal du câble de l'imprimante à un PC domestique, lequel put afficher les gains et les pertes des opérations en cours via le SOES, ce qui donna naissance à Watcher.

Watcher était à l'origine un logiciel qui « regardait » l'état des positions et informait les traders sur les ordres en cours ; il était donc désormais possible de savoir en temps réel si une position était gagnante ou non. Mais Levine alla plus loin et transforma ce système de message instantané en une véritable arme de guerre : une fois Watcher optimisé, il permettait d'envoyer les ordres au SOES sans passer par le Level II Workstation du NASDAQ. D'une certaine manière, Watcher était une version perfectionnée du cyborg de Thomas Peterffy, à cette différence près que le cyborg avait été construit pour taper sur le clavier officiel alors que Watcher utilisait le SOES à l'aide d'un clavier que Levine avait optimisé – une seule touche suffisait pour acheter ou vendre un titre.

Entre bandits, la concurrence était rude : les autres sociétés de courtage avaient développé des systèmes équivalents pour profiter des failles du SOES (quand elles n'avaient pas purement et simplement copié Watcher), et chacune tentait de rester à la pointe. Sheldon Maschler engageait en masse des traders aux dents longues, sans expérience des marchés financiers, pour les mettre sur un clavier et les faire jouer au SOES (il préférait former lui-même ces jeunes recrues plutôt que d'aller chercher des costumes formatés à Princeton). Josh Levine, de son côté, se mit à réfléchir de manière plus théorique aux enjeux techniques soulevés par les machines et étudia de près l'histoire de l'informatisation des marchés financiers. Il finit par en revenir à la naissance de CATS au Toronto Stock Exchange – le système ensuite importé par la Bourse de Paris sous le nom de CAC – et à la règle du « premier déclaré, premier servi » qui à l'époque était impossible à mettre en place faute d'algorithme capable de gérer la « priorité de temps ». Or, pour Levine, tout était justement une question de *temps*.

Au même moment, l'un des traders de Datek s'aperçut d'une autre faille dans l'exécution des ordres via le SOES. Le NASDAQ avait conçu le système de telle manière que deux ordres passés pour un même titre et au même prix soient départagés en fonction du moment de leur arrivée dans le carnet d'ordres. Si deux acheteurs étaient en concurrence pour acquérir une action General Motors au prix de 30 dollars, l'ordinateur accordait la priorité à celui qui avait passé son ordre en premier dès lors qu'un vendeur proposait une action General Motors au prix recherché par l'acheteur. Le trader de Datek constata toutefois que s'il proposait d'acheter le titre de General Motors au prix de 31 dollars, cette nouvelle offre faisait automatiquement passer son ordre devant tous les autres, *mais* l'ordinateur conservait l'ancien prix de 30 dollars pour conclure la transaction.

La faille était stupéfiante : il était possible de passer devant tous les concurrents et de réaliser la transaction au même prix que celui proposé par ces mêmes concurrents, dans une certaine limite que le NASDAQ avait fixé à 20 % du prix initial. Si plusieurs spécialistes rivalisaient pour acquérir un titre General Motors au prix de 30 dollars, il suffisait de passer un ordre d'achat à 30,25 dollars pour devenir prioritaire ; puis si un concurrent montait le prix à 30,50 dollars (son ordre passant alors devant tous les autres), il fallait renchérir à 30,75 dollars, et ainsi de suite. Le premier ayant passé un ordre à 36 dollars (le maximum autorisé compte tenu de la règle des 20 %) remportait le jeu et finissait par acheter l'action au prix d'origine, soit 30 dollars. Pour tirer parti de cette faille, il fallait tout simplement envoyer des ordres le plus rapidement possible pour doubler ceux des concurrents.

Josh Levine conçut alors Monster Key, un programme qu'il intégra dans Watcher et qui utilisait un algorithme appelé Bombs, devenu ensuite SuperBombs. Bombs n'y allait pas par quatre chemins : l'algorithme calculait directement le prix maximal possible, soit 20 % de plus que le prix initial. Plutôt que de faire monter les (fausses) enchères par tranche de 25 *cents*, Bombs passait automatiquement le prix de l'ordre initial de 30 à 36 dollars. De cette manière, l'ordre passait devant tous les autres et ne pouvait rester que prioritaire. Monster Key pouvait alors acquérir tranquillement l'action General Motors au prix initial de 30 dollars, après avoir éliminé tous ses concurrents.

Celui qui était le plus rapide, c'était un algorithme. Nul besoin de traders humains ni de téléphone. Les algorithmes prenaient seuls la décision de vendre ou d'acheter à la seconde près. Avec Watcher, Monster Key et SuperBombs, Datek pouvait intervenir sur le NASDAQ avec une rapidité jamais atteinte par quiconque auparavant. Grâce aux machines et au génie du couple Levine-Citron, Sheldon Maschler avait atteint son objectif : attaquer le NASDAQ de l'intérieur. Les profits engrangés commencèrent à progresser : en 1991, Datek fit un bénéfice de 2 millions de dollars ; en 1992, grâce à Monster Key, il passa à 3,2 millions. Citron et Levine reçurent chacun un bonus d'1 million de dollars en récompense de leur travail.

Mais les ennuis ne tardèrent pas à arriver. Le NASD, l'autorité de régulation du NASDAQ, estima en 1992 qu'à peu près 80 % du volume des ordres passant par le SOES était le fait des

« bandits » qui avaient perverti le système. La SEC avait également dans le collimateur tous ces voleurs qui s'amusaient à profiter des failles techniques de marchés devenus de plus en plus complexes en raison de la puissance des machines. Au début des années 1990, Sheldon Maschler fut plusieurs fois accusé par le NASD d'avoir violé les règles du SOES (comme le non-respect du délai imposé entre deux ordres), mais les amendes, conséquentes, étaient bien légères en comparaison des profits réalisés. Et puis le NASD et la SEC durent se rendre à l'évidence : Maschler était loin d'être le seul « bandit du SOES » à profiter des machines. Il était en réalité impossible de mettre en prison l'ensemble de ces cracks passés maître dans l'art d'exploiter les failles de marchés financiers que les régulateurs comprenaient de moins en moins.

Maschler fut néanmoins condamné pour « usage d'un langage vulgaire, grossier et inconvenant ». Fidèle à son esprit provocateur, il se présenta à une audience judiciaire à moitié nu, vêtu d'un maillot de bain et d'un tee-shirt où l'on pouvait lire « NASDAQ SUCKS ». Outré, le président de séance le renvoya en exigeant qu'il se représente avec un autre tee-shirt. Maschler obtempéra et revint le lendemain avec un tee-shirt « NASDAQ SUCKS », mais aux couleurs différentes – c'était du Sheldon Maschler tout craché.

Malgré les provocations, les amendes et l'aversion qu'il suscitait, Maschler continua à développer Datek de manière exponentielle. « Nous sommes malins, nous sommes rapides, nous sommes intelligents ; et, oui, parfois nous profitons du système, avoua-t-il un jour. J'observe les zones grises et j'exploite les failles. » Au moins Maschler était-il parfaitement honnête quant à ses intentions.

Contre toute attente, fin 1994, il reçut un soutien involontaire de la part de deux universitaires américains : William Christie, de l'université Vanderbilt, et Paul Schultz, de l'université Notre-Dame. En avril de la même année, ces chercheurs avaient réalisé une étude au titre explicite : « Why did NASDAQ Market Makers Avoid Odd-Eighth Quotes ? » L'article ne parut officiellement qu'en décembre dans la revue spécialisée *Journal of Finance* mais, dès le mois de mai, des journaux américains avaient commencé à distiller les résultats embarrassants auxquels étaient parvenus les deux universitaires.

En passant au crible les cotations des plus importantes sociétés cotées au NASDAQ, comme celles des géants de l'informatique Microsoft, Apple, Intel ou Cisco, Christie et Schultz avaient constaté quelque chose de curieux: alors que les opérateurs de marchés avaient la possibilité d'acheter ou de vendre une action au huitième de dollar près, soit 12,5 *cents*, quasiment aucun trader du NASDAQ ne profitait de cette possibilité*. Les écarts de prix utilisés par les traders du marché électronique étaient plutôt de l'ordre du quart de dollar (25 *cents*) ou du demi-dollar (50 *cents*). Les universitaires eurent alors l'idée de comparer les cotations de ces grosses sociétés avec celles d'un autre marché, le New York Stock Exchange, et ils s'aperçurent qu'au NYSE les écarts de prix au huitième de dollar près étaient monnaie courante.

Les leçons à tirer de l'examen de ces écarts étaient limpides: les traders du NASDAQ, qui devaient vendre ou acheter au meilleur prix pour les investisseurs, étaient de connivence pour conserver des écarts de prix plus grands que nécessaire. Si un trader avait pour ordre d'acheter une action General Motors à un prix situé entre 30 dollars et 30 dollars et 50 *cents*, et si un autre trader proposait de vendre cette action au prix de 30 dollars et 12,5 *cents*, les deux traders s'entendaient pour réaliser la transaction à 30 dollars et 25 *cents*. Le vendeur gagnait 12,5 *cents* de plus, mais en revanche l'investisseur faisait une mauvaise affaire puisqu'il achetait le titre plus cher que nécessaire. Un écart de 12,5 *cents* sur une seule transaction n'était pas grand-chose, mais compte tenu du volume devenu gigantesque des échanges réalisés par le NASDAQ, cela signifiait que des milliards de dollars disparaissaient chaque année des poches des investisseurs, sans bien entendu qu'ils s'en aperçoivent.

Les soupçons de collusion furent renforcés quelques jours après les premiers articles de presse faisant état des résultats de l'étude réalisée par Christie et Schultz. D'un coup, les traders du NASDAQ se mirent à acheter et à vendre des actions au huitième de dollar près, ce qui fut bien évidemment considéré comme un aveu: ils avaient bel et bien floué les investisseurs en réalisant délibérément des transactions à des prix faussés. L'article des

* Les origines du dollar américain remontent au dollar espagnol né à la fin du XVe siècle, lequel valait à l'époque *huit* reales (le dollar espagnol fut jusqu'au milieu du XIXe siècle la principale monnaie des échanges internationaux). Lorsque les États-Unis adoptèrent le dollar comme monnaie nationale en 1792, sa division par 2, 4 et 8 fut maintenue. Le symbole $ tire son origine de la lettre S pour *spanish pillar dollar*, la barre verticale étant une référence aux fameux piliers d'Hercule qui, dans la mythologie grecque, se trouvaient dans le détroit de Gibraltar (*N.d.T.*).

deux universitaires fit l'effet d'une bombe dans le petit monde des marchés financiers, du moins pour ceux qui n'étaient pas au courant de la combine – et on peut légitimement penser que les autres étaient, en réalité, assez nombreux.

Le NASD, qui était censé réguler le marché électronique, avait échoué dans sa tâche. Il créa alors le NASDR (National Association of Securities Dealers Regulation) pour tirer tout cela au clair. La SEC se mit également à enquêter, plaça sur écoute des traders du NASDAQ et s'aperçut alors que les téléphones étaient utilisés non seulement pour recevoir les ordres des investisseurs, mais aussi pour bidouiller les prix des transactions avec un langage fleuri digne de dealers de drogue. Puis la section antitrust du département de la Justice américaine se saisit de l'affaire et arriva à la conclusion que les traders étaient « impliqués depuis plusieurs années dans des agissements anticompétitifs » qui violaient les lois antimonopoles. Au final, trente-trois des plus grosses sociétés de courtage du NASDAQ furent condamnées collectivement à une amende record de plus d'1 milliard de dollars.

L'affaire était du pain béni pour les « bandits » comme Sheldon Maschler. On l'accusait de siphonner le marché électronique de quelques dizaines de *cents* par-ci par-là, grâce aux failles du SOES, alors que les bénéfices de Datek étaient bien inférieurs à ce que les traders humains du NASDAQ « volaient » aux investisseurs. Grâce à l'article de Christie et Schultz, Maschler avait confirmation de ce qu'il avait sans cesse clamé haut et fort : les négociations des costumes étaient opaques et les marchés n'étaient plus équitables. SuperBombs avait encore de beaux jours devant lui.

En 1995, alors que Datek faisait un bénéfice de 75 millions de dollars (comparés aux 3,2 millions de 1992), Josh Levine installa une webcam dans son bureau. L'image était retransmise en direct sur son site internet personnel, de telle sorte que les premiers utilisateurs du réseau mondial pouvaient le voir s'agiter sur son clavier lorsqu'il était en train de coder. Sur la page d'accueil de www.josh.com se trouvait un bouton intitulé « Appuyez sur la sonnette et faites-les danser » ; lorsque quelqu'un s'amusait à cliquer, Levine se tournait vers la caméra et commençait à se tortiller comme une marionnette.

Cet humour *geek* masquait des enjeux plus sérieux. Levine était de cette génération qui considérait que tout devait être transparent : les marchés devaient être équitables et les programmes informatiques libres. Levine envoyait régulièrement des portions de code aux sociétés extérieures qui travaillaient avec Datek, même si ces dernières étaient des concurrentes potentielles. La caméra permettait à quiconque, et en direct, de voir comment les machines étaient en train de se soulever grâce au concours des humains qui les manipulaient. Tout le monde pouvait constater l'état de propreté des bureaux de Datek : traders et informaticiens à l'allure débraillée jonglaient entre des tables remplies de déchets, les câbles couraient dans tous les sens, les vieux ordinateurs s'empilaient, le sol était jonché de canettes de Coca vides... et Josh Levine se mettait parfois à danser.

Ce que les internautes ignoraient, c'est que Levine les traçait grâce à leur adresse IP. Il pouvait donc savoir qui le regardait – les observateurs étaient observés – et le podium des plus assidus à la webcam réserva une bonne surprise : en deuxième et troisième positions se trouvaient la SEC et le NASD ! Les régulateurs passaient leur temps à regarder ce qui se passait chez Datek, probablement pour tenter de comprendre ce que ces nouveaux venus dans les marchés financiers étaient en train de manigancer.

Malgré l'algorithme SuperBombs, la montée en puissance de Datek dut faire face à des machines récalcitrantes. Scalper les marchés à l'aide d'ordinateurs devenait de plus en plus compliqué. Avec Watcher et Monster Key, Maschler et ses acolytes étaient capables de faire passer des centaines d'ordres instantanément via le SOES alors que les traders humains ne pouvaient en gérer que quelques dizaines. En cette même année 1995, ce qui devait arriver arriva : le volume des ordres envoyés par Datek fut si colossal qu'il finit par planter l'ordinateur central du NASDAQ et provoqua une chute de 3 % du marché. L'un des directeurs du marché électronique appela Datek pour la menacer d'exclusion, ce à quoi Levine répondit que c'était parfaitement injuste car la faute incombait au réseau du NASDAQ : il était trop lent.

Cette journée finit mal pour Datek : à la suite du crash de l'ordinateur, les cotations des titres furent suspendues et la société dut attendre pas moins de 17 minutes – une éternité – pour que ses ordres fussent exécutés. Sur un total de 34 000 ordres, seuls 9 000 d'entre eux devinrent effectifs et, comme entre-temps les cours avaient fortement baissé, Datek fut obligé de vendre à perte un bon nombre de titres.

Victime de son propre succès, SuperBombs avait fait perdre de l'argent à la société. Si le NASDAQ n'améliorait pas son réseau, il était fort probable que ce genre de bug se reproduirait à l'avenir

– sans compter que la chaleur dégagée par les ordinateurs installés dans les bureaux commençait à transformer ceux-ci en un véritable four. Il était temps de construire autre chose, et la solution était toute trouvée : il fallait purement et simplement créer un marché parallèle techniquement robuste où les algorithmes pourraient dialoguer entre eux sans que des intermédiaires humains viennent freiner la rapidité des ordinateurs. Il fallait construire ce que les marchés américains appelaient un *electronic communication network* : une plateforme de négociation électronique.

En 1987, l'année où Sheldon Maschler prit les rênes des bureaux de Datek sur Broad Street, l'agence anglaise Reuters rachetait une société au nom d'Instinet pour la modique somme de 110 millions de dollars. Créée en 1969 par deux Anglais, Jerome M. Pustilnik et Herbert R. Behrens, Instinet était un réseau de courtage électronique, soit une plateforme de négociation où les transactions étaient entièrement automatisées, et où acheteurs et vendeurs étaient anonymes. La plateforme offrait aux courtiers, et donc aux investisseurs, la possibilité d'effectuer des transactions sur des titres cotés en Bourse à des prix plus justes que ceux pratiqués par les traders du parquet du New York Stock Exchange.

Instinet avait rapidement attiré des gros investisseurs, des banques comme Lehman Brothers – qui finit plus tard par entrer au capital d'Instinet –, mais aussi des fonds de placement et des compagnies d'assurances. Instinet passe encore aujourd'hui pour avoir été l'un des réseaux de courtage électronique les plus fiables, démocratiques et justes jamais conçus – tout le contraire des négociations réalisées par les traders du NASDAQ. En 1987, la libéralisation des marchés anglais (le « Big Bang ») et le « lundi noir » du 10 octobre avaient poussé les investisseurs à se tourner de plus en plus vers ces plateformes automatiques, jugées plus sûres, ce qui expliquait le rachat d'Instinet par Reuters. En 1995, les ordres passés par les prestigieux clients de l'agence, via sa plateforme électronique, avaient fini par représenter l'équivalent du tiers des échanges réalisés par le NASDAQ, lequel avait entre-temps lui-même construit sa propre plateforme, SelectNet.

Face aux difficultés grandissantes auxquelles était confrontée Datek pour jouer avec les failles du SOES, Josh Levine avait compris que s'il y avait un avenir, celui-ci résidait dans ces plateformes de transactions électroniques. Sa première idée fut d'adapter Watcher pour que le logiciel fonctionne avec le réseau d'Instinet, ce qui aurait permis à Datek de se passer purement et simplement du NASDAQ (Instinet avait par ailleurs la réputation de posséder un réseau nettement plus solide que celui du NASDAQ, ce qui limitait les risques de crash). Jeff Citron et Josh Levine prirent rendez-vous avec les dirigeants américains d'Instinet, exposèrent leur projet, argumentèrent sur le fait que grâce à Watcher Instinet allait voir le volume de ses transactions augmenter significativement, mais rien n'y fit : Instinet ne voulait pas entendre parler de Datek, ce qui pouvait se comprendre étant donné la réputation de la société. Citron répondit alors que Datek allait construire sa propre plateforme et viendrait concurrencer frontalement Instinet, ce qui provoqua l'hilarité de ses interlocuteurs. De fait, construire un tel réseau était loin d'être facile, mais il n'en fallait pas davantage pour que Josh Levine relève le défi.

Il reprogramma Watcher et SuperBombs à l'aide de plusieurs langages informatiques – Assembly, C et Fox Pro –, étudia le fonctionnement d'Instinet et de SelectNet, instaura ses propres règles et réussit à créer une plateforme électronique robuste (les différentes tâches informatiques étaient réparties entre plusieurs PC Dell, ce qui limitait le risque de crash lorsque le volume des transactions devenait trop important), minimaliste dans son utilisation, rapide, honnête (Levine tenait à ce que les informations sur le carnet d'ordres soient partagées équitablement par tous les utilisateurs) et peu chère. Ainsi naquit ce que beaucoup considèrent encore aujourd'hui comme un chef-d'œuvre d'ingénierie financière et de technologie informatique : Island.

« Nous voulons qu'Island soit efficace, juste, bon marché et rapide. Nous en prenons soin, et nous sommes sympathiques. SelectNet est géré par le NASDAQ, mais ils n'en prennent pas soin. Instinet est géré par Reuters, mais ils ne sont pas sympathiques », affirmait Levine. Avec Island, il avait réussi à construire une plateforme d'échanges qui concrétisait tout ce qu'il avait pu accumuler en termes de connaissances informatiques et de réflexions sur la transparence des marchés, sans compter que l'arrivée d'internet donnait la possibilité aux utilisateurs d'envoyer leurs ordres via un navigateur, ce qui représentait un gain de temps par rapport aux ordres transitant par téléphone.

Island n'avait plus rien à voir avec ce qui avait fait la réputation de Datek, ce repère de bandits qui scalpaient les investisseurs. La plateforme fut saluée par tous comme une avancée majeure dans l'histoire de l'informatisation des marchés. Levine avait construit le *nec plus ultra* des systèmes de transactions électroniques et son ascension fut fulgurante : Island ouvrit ses câbles le 9 février 1996 et, à la fin de l'année, elle gérait un volume de transactions équivalant à la moitié de ceux transitant par SelectNet. Datek faisait alors travailler plus de 500 personnes avec un salaire moyen avoisinant les 750 000 dollars par an, et le couple Citron-Levine se partagea 145 millions de dollars pour avoir conçu Island, dont le client principal devint… Thomas Peterffy et sa société Interactive Brokers. Deux ans plus tard, l'« île » était devenue la deuxième plateforme de négociation électronique aux États-Unis, derrière Instinet. « *One small step for Watcher, one giant step for Watcherkind* », avait écrit Josh Levine dans un mail aux salariés de Datek lors de la naissance d'Island.

Dans les années 1990, le rôle croissant des machines au sein des échanges boursiers était en train de transformer les marchés financiers de manière radicale. Les Bourses américaines étaient nées à la fin du XVIIIe siècle pour offrir aux entreprises la possibilité de lever des fonds leur permettant de se développer, et ces développements étaient alors liés aux besoins industriels d'un pays en construction – quelques kilomètres de voies de chemin de fer coûtaient cher. Les marchés étaient régionaux au sens où ils faisaient souvent appel à des investisseurs locaux en fonction de ressources locales (ici le plomb, ailleurs le cuivre). À la fin du XIXe siècle, les États-Unis comptaient pas moins de 200 marchés répartis sur tout le territoire. Avec la mise en réseau – ferroviaire d'abord, puis télégraphique et enfin informatique – de ces différentes places financières, les marchés régionaux disparurent peu à peu ou fusionnèrent entre eux. Le Philadelphia Stock Exchange, premier marché américain né en 1790, finira ainsi par être racheté par le NASDAQ pour 650 millions de dollars.

Les systèmes de négociation électroniques, dont Island représentait le dernier et brillant avatar, étaient devenus un enjeu majeur pour ceux qui représentaient les investisseurs. L'avenir des sociétés de courtage se jouait là, mais cet avenir était convoité par d'autres : les grandes banques, qui investissaient à hauteur de milliards de dollars dans des infrastructures technologiques haut de gamme avec l'aide d'experts en économie expérimentale. Pour Island comme pour les autres plateformes, la concurrence allait être très rude. En réalité, les adversaires allaient s'avérer bien plus agressifs que ne le fut jamais Sheldon Maschler.

L'un d'eux s'appelait Jerry Putnam. En 1994, après avoir travaillé pendant une vingtaine d'années pour différentes sociétés de placements financiers, il créa Terra Nova Trading avec Paul Adcock, un trader spécialisé dans les contrats à terme liés aux matières premières. Le succès ne fut pas vraiment au rendez-vous mais Putnam entendit parler du SOES grâce à une lointaine connaissance, celle-là même qui avait signalé les failles du système à Sheldon Maschler quelques années plus tôt. Il rencontra à la même époque le dirigeant de Townsend Analytics, une entreprise spécialisée dans les logiciels de négociation électronique qui avait développé RealTick, l'équivalent du Watcher de Josh Levine.

Putnam fonda alors Chicago Trading & Arbitrage, une société de courtage électronique qui ressemblait plus ou moins à Datek et dont la cible était le Chicago Mercantile Exchange (CME). Si le CME avait été à l'origine une bourse aux matières premières, il était depuis devenu l'un des plus grands marchés à terme au monde, et pour un trader comme Paul Adcock il y avait là bien des profits à réaliser. Chicago Trading & Arbitrage fonctionnait comme Datek : les ordres passaient par le Level II Workstation du NASDAQ via RealTick, mais ils étaient dirigés vers le CME. « *Point, Click & Trade !* Avez-vous déjà pensé à devenir un trader au jour le jour ? », pouvait-on lire sur la publicité de la société.

Les affaires marchaient bien mais Jerry Putnam – comme Levine auparavant – comprit rapidement que jouer avec de petites failles n'allait pas lui apporter ce qu'il recherchait (être très riche) et ce d'autant moins que sa société n'avait pas la force de frappe de Datek. Alors qu'il travaillait comme une brute pour développer Chicago Trading & Arbitrage en dehors de Chicago, il s'aperçut également qu'il n'avait pas les moyens d'acheter un Level II Workstation pour chaque bureau qu'il était en train d'ouvrir aux quatre coins du pays – le logiciel coûtait trop cher. Il avait contacté Josh Levine pour passer des ordres via Island, mais la mise en réseau des différents systèmes électroniques était encore chaotique. Seule dans son coin, Chicago Trading & Arbitrage n'allait pas pouvoir attirer beaucoup d'investisseurs ; son avenir semblait compromis.

Putnam décida alors de construire sa propre plateforme. À cette époque, une vingtaine de réseaux de courtages électroniques se disputaient le marché des transactions automatisées ; la plupart étaient de taille modeste, mais Instinet et Island étaient des concurrents sérieux. Putnam eut une idée de génie : comme les diverses plateformes n'étaient pas reliées entre elles, un investisseur n'était pas certain de pouvoir acheter un titre au meilleur prix, ou alors il devait pour cela être client des différentes plateformes, ce qui était hors de prix. L'idée de Putnam était aussi simple qu'ingénieuse : pourquoi ne pas relier toutes ces plateformes entre elles et permettre ainsi à un ordre de passer de l'une à l'autre pour réaliser une transaction au meilleur prix ?

Putnam échangea des dizaines de mails avec Josh Levine pour régler les problèmes techniques liés à ce réseau d'un genre nouveau. Levine lui envoya des portions de code d'Island et l'aida à relier Island à la nouvelle plateforme. Josh Levine avait érigé une île, mais Jerry Putnam était en train de créer un véritable archipel : une chapelet d'îles connectées entre elles, des machines transformées en marchés et mises en réseau les unes avec les autres. C'est ainsi qu'en décembre 1996, moins d'une petite année après la naissance d'Island, un nouveau venu fit son apparition dans le monde des marchés financiers électroniques : Archipelago. « Arca » pour les intimes – dont la devise était « Le marché est libre » – allait vite devenir la troisième plateforme de négociation américaine après Instinet et Island. Et derrière Archipelago se profilait l'ombre de costumes qui comptaient sur cette nouvelle plateforme pour ébranler les marchés financiers comme jamais ils ne l'avaient été : ceux de Goldman Sachs.

La profusion des technologies liées aux systèmes de négociation électronique avait fini par transformer les Bourses américaines en un réseau complexe où les marchés traditionnels comme le NYSE, avec son parquet et ses traders humains, se retrouvaient face à des bataillons de machines au sein desquelles des algorithmes hyperapides commençaient à guerroyer entre eux. Cet espace-temps était devenu si nébuleux que la SEC et le NASD finirent par organiser des réunions avec tous les acteurs concernés pour tenter de réguler l'organisation des transactions électroniques et de rendre les échanges un peu plus transparents.

Une première série de règles fut adoptée par la SEC le 20 janvier 1997, un mois après la naissance d'Archipelago. Intitulées *Order Handling Rules*, elles imposaient notamment aux courtiers électroniques de communiquer à leurs clients non seulement les meilleurs prix disponibles sur leur propre plateforme, mais aussi ceux des plateformes concurrentes. Cette contrainte devait permettre aux investisseurs de faire des affaires au meilleur prix, et ce quel que soit le marché électronique choisi pour passer un ordre, lequel pouvait par exemple passer rapidement d'Instinet à Island en fonction des carnets d'ordres respectifs. Les *Order*

Handling Rules donnaient raison à Jerry Putnam : les marchés étaient devenus des îles interconnectées au sein d'un immense archipel électronique.

En 1998, avec Reg ATS (pour Regulation Alternative Trading System), la SEC imposa aux marchés financiers toute une série de régulations supplémentaires ; à cette occasion, « systèmes de négociation alternatifs » devint le nouveau nom générique donné par la SEC aux marchés électroniques en tout genre. Au-delà de ces quelques centaines de règles contraignantes et de leur complexité technique, Reg ATS ouvrait la voie à une nouvelle définition de ce qu'était exactement un « marché », dont les principes fondamentaux reposaient sur le Securities Exchange Act de 1934. Cette nouvelle définition allait en réalité transformer radicalement les marchés eux-mêmes, non pas technologiquement – les systèmes alternatifs ayant déjà fait le travail – mais dans leur essence.

Le New York Stock Exchange avait vu le jour le 17 mai 1792, lorsque 24 courtiers avaient créé de toutes pièces le deuxième marché de l'histoire américaine après celui de Philadelphie. Le platane situé au numéro 68 de Wall Street et sous lequel les courtiers se réunissaient donna lieu au Buttonwood Agreement. Le contrat, qui tient en deux phrases, stipulait que les courtiers devaient échanger des titres entre eux sans passer par des intermédiaires. Ces derniers avaient une fâcheuse tendance à faire monter les prix artificiellement pour que leurs commissions soient plus importantes – à la fin du XVIIIe siècle déjà, les investisseurs se faisaient dépouiller.

Le marché était neutre, il ne devait appartenir à personne, et seuls les courtiers qui échangeaient des titres en régulaient le fonctionnement. C'est cette neutralité que Reg ATS commençait à mettre en pièces. Les régulateurs avaient en réalité ouvert la voie à la « démutualisation » des marchés : ceux-ci allaient être transformés en sociétés commerciales comme n'importe quelle autre, avec des actionnaires touchant des dividendes en fonction de la rentabilité de l'entreprise. Mais le plus sournois était qu'un marché allait pouvoir lui-même se mettre sur le marché et être coté en Bourse. Cette métamorphose considérable – un événement historique pour certains, « monstrueux » et contre nature pour d'autres – expliquait le fait que les grandes banques observaient de près les nouvelles régulations, et comme l'avenir était dans les machines elles investissaient massivement dans les technologies.

C'est cette transformation rampante des marchés qui explique la présence de Jerry Putnam au siège de Goldman Sachs, à l'été

1999 : il avait été convoqué à une réunion par quelques-uns des grands pontes de la banque. Étaient présents John Hewitt, le responsable des plateformes électroniques de Goldman, et Duncan Niederauer, un ancien trader qui œuvrait au sein de la Firme depuis des années pour préparer la banque à ce qu'allaient devenir les marchés du XXIe siècle : un archipel de machines. Grâce au travail de Niederauer et Hewitt, Goldman Sachs avait investi des milliards de dollars en technologies informatiques.

La banque possédait plus de 20 000 ordinateurs dans le monde reliés entre eux par 28 000 kilomètres de câbles par lesquels transitaient des milliards de milliards de données financières. Afin de renforcer sa position dans les systèmes de négociation électronique, elle avait tenté de racheter Interactive Brokers, la société de courtage de Thomas Peterffy, mais les exigences du Hongrois allaient au-délà de ce que Goldman jugeait acceptable. Il n'est pas improbable que Peterffy ait volontairement gonflé le prix d'Interactive Brokers de telle sorte qu'il fusse purement et simplement impossible à la Firme de renchérir. Peterffy se méfiait, à juste titre, des objectifs de Goldman Sachs, laquelle finit par acquérir pour 531 millions de dollars Hull Trading Company, l'une des plus anciennes compagnies spécialisées dans les algorithmes de marchés qui avait fait fortune à l'aide du modèle Black-Scholes.

Goldman avait également investi 25 millions de dollars dans Archipelago, ce qui expliquait la présence de Jerry Putnam à cette réunion. Pour n'importe quel entrepreneur, le fait d'avoir pour interlocuteur et investisseur un mastodonte comme Goldman Sachs était à la fois une véritable reconnaissance mais aussi l'assurance d'avoir à sa disposition des fonds illimités. Mais Putnam n'avait pas vraiment idée de la raison pour laquelle il avait été convié. Duncan Niederauer prit la parole, fit une brève introduction, puis se dirigea vers un tableau, se saisit d'un feutre et écrivit N Y S E avant de tracer un cercle autour de ces quatre lettres.

Tout le monde comprit sur-le-champ : Goldman Sachs, la plus grande banque du monde, partait à l'assaut du New York Stock Exchange. Les choses étaient simples : puisque les marchés allaient être libéralisés et transformés en compagnies privées, Goldman avait tout simplement l'intention *de les racheter*. D'où la présence de Jerry Putnam : Goldman Sachs comptait transformer Archipelago en bras armé électronique du NYSE. De la même manière que Datek avait déclaré la guerre au NASDAQ, la Firme se positionnait pour devenir l'un des maîtres des marchés grâce à des moyens si colossaux qu'en comparaison un bandit comme Sheldon Maschler passait pour un enfant de chœur. Les intentions de Duncan Niederauer allaient parfaitement dans le sens des opinions de Jerry Putnam : ce dernier détestait le NYSE et ses intermédiaires humains au moins autant que Sheldon Maschler haïssait le NASDAQ.

Putnam avait un jour engagé des faux manifestants pour protester contre le monopole du NYSE devant le bâtiment de Wall Street, mais la police finit par comprendre le jeu de ces acteurs et les pria de déguerpir. Il avait également pensé larguer par hélicoptère sur le NYSE des morceaux de PQ sur lesquels était imprimé le logo d'Archipelago Holdings, une manière de railler les traders du parquet qui utilisaient encore du papier tout en faisant de la publicité pour Arca. Putnam renonça à mettre en application ce parachutage de tracts roses, mais il avait désormais une arme bien plus redoutable à sa disposition.

Dans les années 2000, grâce à l'intense lobbying d'établissements bancaires comme Goldman Sachs, Crédit Suisse, BNP-Paribas, Morgan Stanley, Deutsche Bank, Citigroup, Barclays et autres, et avec le soutien de dérégulations de plus en plus libérales, les marchés allaient subir les mutations les plus profondes de leur histoire.

En 2001, la SEC institua une nouvelle règle : il était désormais possible de réaliser des transactions au *cent* près. Cette décision n'avait rien d'illogique : puisqu'il était possible d'acheter une canette de Coca-Cola au prix de 1,82 dollar, pourquoi n'était-il pas possible d'acheter une action au même prix ? Les huitièmes et les quarts de dollar n'étaient plus d'actualité : ils ne s'harmonisaient pas avec les autres monnaies – notamment l'euro – et les ordinateurs permettaient de faire des calculs au centième de dollar près, *minimum*. La SEC vota donc en faveur de la décimalisation. Les marges allaient se resserrer, mais grâce aux algorithmes hyperapides le volume des ordres allait grossir de manière vertigineuse. La SEC estimait que le passage à la décimalisation représentait plus d'1 milliard de dollars de liquidité supplémentaire par an.

Le 28 novembre de cette même année, la société Enron fut dégradée par Standard & Poor's suite à un scandale sans précédent (la compagnie avait maquillé ses comptes pour masquer des pertes colossales) et son cours boursier s'effondra. Les cotations de la société furent suspendues au NYSE mais certaines plateformes comme Island et Archipelago continuèrent à négocier les titres Enron, et 10 millions de transactions électroniques furent alors réalisées. Lorsque le New York Stock Exchange reprit la cotation, après 39 minutes d'interruption, le prix d'une action Enron sur le parquet était *exactement* le même que celui proposé par les systèmes de négociation alternatifs. Cela prouvait que les marchés électroniques imposaient désormais leurs prix aux traders du parquet. Jerry Putnam profita de l'occasion pour déclarer à la télévision que les humains avaient vocation à disparaître car tout était dans les machines.

En 2002, les dirigeants d'Island et d'Archipelago organisèrent un déjeuner pour discuter d'une possible fusion entre les deux plateformes. Même si la rencontre semblait s'être bien passée, l'avocat d'Archipelago eut quelques soupçons et en fit part à Jerry Putnam : quelque chose clochait. Ce qui clochait, effectivement, était qu'Island était également en discussion avec le réseau historique Instinet, qui finit par racheter la plateforme de Josh Levine pour 508 millions de dollars. Archipelago s'était fait doubler, mais la revanche n'allait pas tarder.

Cette même année le Chicago Mercantile Exchange, après avoir été démutualisé en 2000, se transforma en société privée : les marchés commencèrent à se privatiser. En 2004, le NASDAQ racheta la plateforme électronique BRUT à SunGard Data Systems, et en 2005 il annonça la fusion de BRUT avec… Instinet (et donc Island), que le NASDAQ venait de racheter à Reuters. Les grandes manœuvres avaient bel et bien commencé, et l'histoire allait se jouer du côté du New York Stock Exchange.

En janvier 2005, Jerry Putnam avait annoncé au conseil d'administration d'Archipelago Holdings que sa compagnie étudiait une possible fusion avec le NYSE. Derrière cette fusion se trouvait bien évidemment Goldman Sachs, qui possédait 15 % d'Archipelago. Et, par un pur hasard, le PDG du NYSE était alors John Thain, un ancien de Goldman surnommé « I, Robot » en raison de son amour des machines. Et, par un autre pur hasard, la banque chargée de conseiller à la fois le NYSE et Archipelago dans cette fusion se trouvait être Goldman Sachs. Ce conflit d'intérêts suscita évidemment quelques remous, mais ils furent sans conséquences.

À la mi-mars, Jerry Putnam (Arca), John Thain (NYSE) et Duncan Niederauer (Goldman Sachs) finalisèrent les transactions au siège de la banque. Le 20 avril 2005, après la fermeture des Bourses américaines, la fusion fut rendue publique et, d'un coup, la valeur de l'action Archipelago bondit de 60 %. Duncan Niederauer, dont le savoir-faire avait permis à la Firme de s'équiper de machines ultrapuissantes, allait ensuite devenir PDG du New York Stock Exchange, renommé NYSE-Arca. Le marché était passé dans les mains de la plus grande banque du monde.

« Ce jour est bien triste », affirma un ancien PDG du NYSE qui s'était opposé à la privatisation des marchés financiers. De fait, la fusion entre le NYSE et Archipegalo, entre un marché censé être neutre et une compagnie technologique soutenue par une des banques les plus puissantes, s'avérait être un moment décisif dans l'histoire du capitalisme. Le deuxième marché de l'histoire des États-Unis allait prendre le surnom de « Goldman Sachs Exchange ». La Firme avait déjà la Maison-Blanche à ses pieds ; elle avait désormais entre ses mains le plus grand marché du monde.

Mais personne n'était dupe : derrière les êtres humains talentueux comme Duncan Niederauer et les autres banques qui rachetaient les marchés à mesure que ceux-ci se privatisaient, il y avait les machines. Or le NYSE était encore en 2005 un parquet où des traders humains géraient les transactions, discutaient entre eux et travaillaient avec du papier. Face aux algorithmes conçus par des informaticiens très « intelligents » travaillant pour Goldman, ces quelques résidus firent long feu.

Jerry Putnam tenta une approche respectueuse et se rendit au Luncheon Clun, un salon du NYSE réservé aux courtiers où l'on servait un cocktail fameux, mais seul un silence glacial l'accueillit. « Avant la fusion, c'était une compétition, et j'ai fait tout ce qui était en mon pouvoir pour vous battre, finit-il par déclarer. Maintenant je fais partie de l'équipe. Je suis de votre côté et je suis prêt à faire ce qu'il faut pour gagner. »

Pourtant, le jour où NYSE-Arca s'introduisit en Bourse sous le regard des caméras de Bloomberg TV, car l'événement était historique, les traders du parquet arrivèrent avec des petites cloches où étaient inscrites les lettres NYX, le symbole du New York Stock Echange. Une tradition veut que les vétérans du NYSE agitent la cloche officielle pour ouvrir la dernière séance à laquelle ils participent, mais les salariés préférèrent ce jour-là secouer leurs propres clochettes, une manière de participer à l'ouverture de la séance tout en protestant bruyamment contre la fusion avec Archipelago.

Très vite, tous ces filtres humains disparurent. La cantine des traders fut fermée. Puis ce fut au tour de Gerardo Gentilella d'être licencié. « Jerry the Barber » était le coiffeur du New York Stock Exchange depuis quarante-trois ans. Son salon se situait dans les sous-sols du parquet, juste au-dessous de la Corbeille, et baignait dans une ambiance sonore où résonnaient des airs de Verdi et de Puccini. Pendant presque un demi-siècle il avait coupé les cheveux de tous les PDG du NYSE et de milliers de traders, ainsi que ceux de bon nombre de sénateurs, de juges et de membres du Congrès. Même après avoir proposé à la direction du NYSE de renoncer à son salaire et de ne plus se contenter que de pourboires, Gerardo Gentilella, 75 ans, fut prié de plier bagages. Jerry the Barber n'avait de toute façon plus rien à faire là : les algorithmes n'avaient pas de visage, et encore moins besoin de coiffeur. Il refusa de faire sonner la cloche lorsque arriva son dernier jour, le 30 juin 2006.

Les grandes manœuvres continuèrent. Un an plus tard, en juin 2007, le NYSE racheta Euronext, le groupement des Bourses européennes créé en 2000, et devint le premier marché transatlantique sous le nom de NYSE Euronext. Au même moment, la SEC imposa toute une série de nouvelles règles censées contrôler davantage les transactions réalisées par les plateformes de négociation électronique – la rapidité dont faisaient preuve les machines nécessitait quelques ajustements… qui allèrent tous dans le sens demandé par les propriétaires des plateformes : les banques. Parmi les centaines de normes instituées par Reg NMS (Regulation National Market System), la règle 612 autorisait désormais les transactions en dessous de 1 *cent*.

Quelques mois plus tard, en novembre 2007, l'Union européenne adopta MIFID, pour Markets in Financial Instruments Directive. Ces « directives européennes concernant les marchés d'instruments financiers » (l'équivalent continental des régulations décidées par la SEC, Reg ATS et Reg NMS) harmonisaient le fonctionnement des marchés continentaux avec ceux des États-Unis et allaient donc dans le sens d'une libéralisation totale des Bourses afin de faire jouer la concurrence entre les plateformes électroniques.

Fin 2007, les marchés n'avaient plus rien à voir avec ce qu'ils étaient ne serait-ce que vingt ans auparavant. En moins d'un quart de siècle, les parquets, les ardoises et la criée avaient laissé place à des marchés privés détenus par les banques, entretenus par un réseau mondial d'ordinateurs qui réalisaient des transactions à une vitesse inégalée. Le temps où il fallait fabriquer un cyborg pour taper sur un clavier paraissait bien loin. Le soulèvement des machines, largement soutenu par les banques, avait donné naissance à un écosystème d'une complexité technologique extrême, où des algorithmes se battaient entre eux pour acheter ou vendre des titres avec des marges inférieures à 1 *cent* en quelques microsecondes. Les marchés financiers étaient entrés dans l'ère du trading à haute fréquence.

La libéralisation des Bourses décidée par les régulateurs avait ouvert un boulevard aux grandes banques qui rachetèrent peu à peu quasiment tous les marchés (quand elles n'en créèrent pas de nouveaux, totalement électroniques ceux-là), des marchés qui avaient pourtant réussi pendant deux siècles à rester neutres : il est fort probable que les 24 gentilshommes ayant fondé le New York Stock Exchange en 1792 se soient tous retournés dans leur tombe le jour où il fusionna avec Archipelago.

Si un « bandit du SOES » comme Sheldon Maschler laisse quelques mauvais souvenirs à certains, Josh Levine est aujourd'hui encore considéré comme « un génie et un visionnaire » pour avoir créé Island, laquelle continua à fonctionner, seule dans son coin, lors de cette fameuse semaine de fermeture des marchés suite aux attentats du 11-Septembre. Par ailleurs, fidèle à son esprit libre, Levine publia le code source de la plateforme sur son site à l'occasion du dixième anniversaire d'Island. Dans la brève histoire du soulèvement des machines, il y eut en réalité bien d'autres Maschler, bien d'autres Levine et bien d'autres Putnam, dont certains occupent aujourd'hui des postes clés au sein des marchés ou des banques.

Autrefois, les deux mots « Wall Street » renvoyaient à une assemblée de traders en train de crier sur le parquet du New York Stock Exchange. Si les télévisions diffusent encore aujourd'hui des images montrant des humains s'agitant devant des dizaines d'écrans d'ordinateurs, ceux-ci ne sont pour la plupart que de simples spectateurs ; ils ne font plus grand-chose, si ce n'est observer des algorithmes au travail, ce pourquoi les activistes d'Occupy Wall Street ont loupé leur cible en manifestant dans Wall Street : on a dû oublier de leur dire que le marché ne se situe plus à Manhattan mais à Mahwah. Aujourd'hui, « Wall Street » ne désigne désormais rien d'autre que des hangars gigantesques délocalisés dans le New Jersey.

Les 200 marchés américains de la fin du XIXe siècle ne sont plus en 2013 qu'une grosse dizaine de plateformes de négociation électronique dont les noms ne disent rien à personne, un archipel où les êtres humains fabriquent des algorithmes qui se retrouvent face à d'autres algorithmes grâce à des machines à la puissance de calcul inimaginable, un espace-temps où humains et non-humains tentent de se comprendre et dont l'objectif commun tient en quatre mots : être le plus rapide.

Peu de gens ont entendu parler de Direct Edge, le troisième marché américain derrière NYSE-Arca et le NASDAQ, un marché électronique divisé en deux plateformes, EDGA et EDGX. Peu de gens connaissent Chi-x Europe, une plateforme lancée par Instinet en 2007 qui est aujourd'hui le deuxième marché européen après NYSE Euronext suite à sa fusion avec Bats, le troisième marché américain détenu par les banques Crédit Suisse, Morgan Stanley, Citigroup, Deutsche Bank et JPMorgan Chase, et par deux des plus grosses sociétés de technologie financière, Tradebot et Getco. Sans parler de Turquoise, une plateforme fondée en 2008 par BNP-Paribas, Société générale, Citigroup, Crédit Suisse, Deutsche Bank, Goldman Sachs, Merrill Lynch, Morgan Stanley, UBS *et caetera*. Le fait de pouvoir montrer aux caméras de télévision des pantins devant des écrans est bien utile pour rassurer l'homme de la rue et masquer la réalité des choses : les marchés ne sont plus qu'un réseau de machines impénétrable.

2007 fut l'année zéro de la seconde phase du soulèvement des machines. Opportunément, les algorithmes prirent le pouvoir au moment même où l'économie, mise à mal suite aux « délires » engendrés par des produits financiers complexes inventés par les costumes de Princeton, dégénérait en crise mondiale. D'après un rapport publié par IBM, suite à l'arrivée des machines, 90 % des humains travaillant dans les marchés disparurent. En 2013, les algorithmes que l'on appelle « traders à haute fréquence » réalisent aux États-Unis plus de 70 % des transactions de marché, contre 10 % en 2001. Après la Seconde Guerre mondiale, un titre appartenait à son propriétaire pendant quatre ans. En 2000, ce délai était de huit mois. Puis de deux mois en 2008. En 2013, un titre boursier change de propriétaire toutes les 25 secondes en moyenne, mais il peut tout aussi bien changer de main en quelques millisecondes.

Le 11 octobre 2010, deux ans après le soulèvement des traders à haute fréquence et au terme d'une année marquée par un krach fameux, Thomas Peterffy prenait la parole dans le salon Opéra du Grand Hôtel Intercontinental de Paris à l'occasion du congrès annuel de la World Federation of Exchanges. Cette année-là, le symposium était organisé par NYSE Euronext, d'où la présence de son PDG Duncan Niederauer, l'ancien artisan de la montée en puissance des machines chez Goldman Sachs, et celle de Christine Lagarde, alors ministre de l'Économie française et future directrice du FMI. Devant la crème de la crème de la finance mondiale, Thomas Peterffy eut l'honneur de prononcer le discours d'ouverture du congrès.

« Un marché était autrefois un lieu – oui, un lieu physique – où les gens se réunissaient pour acheter ou vendre, en espérant obtenir le meilleur prix. Le rôle des courtiers émergea grâce aux marchés. Les courtiers devaient représenter les intérêts de leurs clients. Avec leur apparition, la question de la confiance devint cruciale. Pouvez-vous avoir confiance en votre courtier ? Malheureusement, bien des chapitres de l'histoire des marchés financiers devraient être consacrés aux multiples méthodes ingénieuses qu'ont su trouver les courtiers pour voler leurs clients.

« La première grande révolution de l'histoire des transactions financières impliquait le télégraphe et les lignes de téléphone, et grâce à cela de plus en plus de personnes purent échanger des biens. Alors que le nombre de transactions augmenta, la relation entre un courtier et son client devint de plus en plus distante et impersonnelle ; malgré tout, à partir du moment où les transactions avaient lieu dans des marchés centralisés avec des règles élémentaires, des règles justes, nos marchés étaient en ordre et transparents.

« Nous ne pouvons pas dire la même chose aujourd'hui. Les vingt dernières années ont connu l'émergence des ordinateurs, des communications électroniques, des marchés électroniques, des *dark pools*, des *flash orders*, des marchés multiples, des systèmes de négociation alternatifs... le trading à haute fréquence, MiFID en Europe, Reg NMS aux États-Unis... et ce que nous avons aujourd'hui est un vrai bordel. »

D'après un journaliste du *Wall Street Journal*, un silence de mort commença à envahir le salon Opéra, ce qui n'empêcha pas l'orateur d'enfoncer le clou : « Pour le grand public, les marchés financiers ressemblent de plus en plus à un casino, sauf qu'un casino est plus transparent et plus simple à comprendre. » Thomas Peterffy, le précurseur des marchés électroniques, respecté par tous, lui qui programmait des algorithmes avant de construire un cyborg unique en son genre, lui qui dirigeait une des plus importantes sociétés de courtage au monde, présente sur plus de cent marchés, finissait par dire tout haut ce que tout le monde pensait tout bas. Certains de ses propos visaient clairement l'ex-Goldman Duncan Niederauer, le président de NYSE Euronext : Peterffy, dès 2005, s'était publiquement opposé à ce que le New York Stock

Exchange ne devienne une société privée. « Cela pourrait blesser les marchés », avait-il déclaré à raison.

Peterffy entama sa conclusion dans une ambiance quelque peu tendue : « Les marchés financiers, du moins ceux des pays développés, sont arrivés à un tournant. Les technologies, la structure des marchés et les nouveaux produits financiers ont évolué plus rapidement que notre capacité à les comprendre et à les contrôler », ce que confirment toutes les études sur le trading à haute fréquence réalisées par les meilleurs chercheurs du monde entier. « Tout cela a engendré ces dernières années une série de crises qui ont poussé beaucoup d'investisseurs à perdre confiance, à penser que le système tout entier est désormais un jeu truqué.

« C'est une évolution très dangereuse, car le but de nos marchés financiers est de guider l'évolution de notre économie en distribuant du capital aux industries et aux entreprises que nous voulons voir grandir, de permettre aux affaires et aux investisseurs de gérer les risques efficacement. Si le public en vient à penser que les marchés financiers sont une escroquerie, alors les entreprises et les entrepreneurs n'obtiendront plus les fonds dont ils ont besoin pour développer notre économie, créer des emplois et améliorer le niveau de vie. »

« Vrai bordel », « casino », « jeu truqué », « escroquerie » : le portrait des marchés financiers brossé par Thomas Peterffy et exposé au visage du gratin de la finance mondiale tranchait avec les discours feutrés auxquels tous ces costumes étaient habitués. Lorsque l'Américain eut fini son allocution, le silence respectueux puis soupçonneux qui avait accompagné son discours continua de résonner dans le salon Opéra. Puis l'on entendit un premier et timide applaudissement, puis d'autres, puis finalement toute la salle se mit à applaudir.

L'auditoire savait très bien que les marchés étaient devenus un vrai bordel, et il savait également que rien n'allait entraver la fuite en avant de machines devenues de plus en plus incontrôlables. Tous ces costumes qui ovationnaient Thomas Peterffy n'étaient en vérité qu'une belle bande d'hypocrites.

4 | HUMAINS, NON-HUMAINS

Le temps de réaction le plus court d'un être humain est de 140 millisecondes : il faut 0,140 seconde pour que l'information sonore d'un coup de tonnerre provoque un tressaillement.

Même si elle assimile des informations aussi vite qu'un enfant, une personne âgée réagit plus lentement, et il a été prouvé qu'un vieillard achevant ses jours en maison de retraite finit par être moins rapide qu'un vieillard achevant ses jours chez lui.

Le genre masculin a un temps de réaction meilleur que le genre féminin, peut-être parce que les hommes font appel à des stratégies neuronales plus complexes.

Comme l'hémisphère gauche du cerveau contrôle la main droite, et que l'hémisphère droit contrôle la main gauche, et comme l'hémisphère droit traite certaines informations plus efficacement, il a été prouvé que les handballeurs gauchers sont plus rapides que les handballeurs droitiers, à quelques millisecondes près.

Trois jours de jeûne ne changent en rien le temps de réaction d'un humain ; six mois de régime hypercalorique non plus. En revanche l'ingestion d'istradefylline, un composé pharmaceutique utilisé pour lutter contre la maladie de Parkinson, diminue sensiblement le délai que prend un vieillard pour répondre à des stimuli visuels.

Le temps de réaction d'un humain en train d'expirer est meilleur que le temps de réaction d'un humain qui inspire.

La fatigue mentale réduit le temps de réaction davantage que la fatigue physique, mais un sniper de l'armée américaine n'ayant eut droit qu'à deux heures de sommeil par nuit durant une période de trois jours sera plus réactif et capable de toucher sa cible si on lui injecte ± 200 milligrammes de caféine par jour ; sans cela, il aura perdu une petite seconde de temps de réaction au terme de ces trois jours, et ce alors que la bonne réussite d'une guérilla se joue à quelques centaines de millisecondes près.

La réactivité d'un sniper de genre féminin, âgé, gaucher, au régime, en train d'expirer et sous caféine n'a pas été étudiée par les chercheurs, mais tous les spécialistes s'accordent sur un point : le temps de réaction minimal nécessaire à un humain pour prendre une décision en fonction d'une situation donnée est de 650 millisecondes. C'est le temps que prend un champion d'échecs de très haut niveau pour analyser la situation des pièces et s'apercevoir que son roi est en danger, voire échec et mat.

Le 3 mai 1997, le grand maître international Garry Kasparov joua une partie d'échecs face à Deep Blue, un ordinateur conçu par IBM. La machine était capable de calculer 300 millions de coups par seconde et de prendre une décision en 200 millisecondes, et elle remporta le match. Kasparov contesta la victoire du fait que Deep Blue avait en mémoire bien plus d'informations que lui, dont l'historique de 700 000 parties jouées auparavant. L'argument n'était pas dénué de fondement : plus la quantité d'informations disponible est grande, meilleure peut être une décision, et ce quelle que soit la rapidité du jeu.

Kasparov pensait aussi que le 44e coup de l'ordinateur, qui l'avait véritablement désorienté, avait été exécuté par une « intelligence supérieure ». Il sous-entendait par là que le geste était trop sophistiqué pour être le seul fait d'une machine et soupçonnait la présence d'un être humain derrière ce coup. « C'était un geste extrêmement raffiné, un geste défensif qui empêchait en même temps toute tentative de contre, et cela a mis Garry dans tous ses états », témoigna un champion d'échecs qui avait assisté au match.

Mais la finesse n'était pas le fait d'un humain. Quinze ans plus tard, un informaticien ayant participé à la création de Deep Blue confessa que ce 44e coup, contre-intuitif et réellement déstabilisant, était en fait un bug lié à un algorithme : incapable de faire un choix en fonction de la position des pièces, l'algorithme avait choisi un mouvement au hasard. La réalité était cruelle : lors de cette confrontation attendue entre deux « intelligences », l'une humaine et l'autre non humaine, c'est le hasard qui avait permis à la machine d'emporter la partie et ce parce qu'elle avait échoué dans la tâche principale qui était la sienne : prendre une décision. Garry Kasparov avait soupçonné une décision rationnelle humaine là où, en réalité, il n'y avait eu qu'une simple erreur informatique.

Certains commentateurs jugèrent que cette défaite était une humiliation pour l'intelligence humaine. D'autres notèrent que Garry Kasparov était devenu de plus en plus tendu lors de la partie, alors que l'ordinateur, lui, n'avait pas à souffrir de ce genre d'émotion. Mais, quelle que soit la raison de la défaite de Kasparov, il est scientifiquement admis que toute décision prise en deçà de 650 millisecondes ne peut être que le fait d'une machine.

Le 23 mars 2012, une compagnie du nom de Bats Global Markets Inc. fit son entrée en Bourse sur les marchés américains. La cotation de la société commença à 11 heures 14 minutes 18 secondes et 436 millisecondes, au prix de 15,25 dollars l'action. À 11 heures 14 minutes 19 secondes et 336 millisecondes, soit 900 millisecondes plus tard, la valeur du titre n'était plus que de 0,2848 dollar, et 1 seconde et demie après le début de la cotation, sa valeur était descendue à 0,0002 dollar. En 1 seconde et demie, la valeur boursière de la compagnie passa de 91 millions de dollars à presque rien. La cotation fut alors interrompue.

Cette introduction en Bourse d'une compagnie dont la devise est « Rendons les marchés meilleurs » était pourtant un événement majeur. La raison pour laquelle elle était surveillée par tous était due aux activités mêmes de la compagnie : créée en 2005, Bats était propriétaire de deux des marchés financiers américains les plus importants, les plateformes électroniques BATS BZX et BATS BYX, sans compter Chi-x Europe, une plateforme qui gère à elle seule plus du quart des transactions boursières européennes. La libéralisation des marchés décidée de part et d'autre de l'Atlantique permettait désormais à un marché comme BATS, le troisième au monde en valeur de titres échangés, de s'introduire en Bourse non seulement sur les marchés historiques, et donc concurrents – NASDAQ ou NYSE –, mais aussi sur ses propres plateformes. La situation était quelque peu tordue : l'un des plus grands marchés, dont le nom est Better Alternative Trading System, n'avait même pas réussi à gérer sa propre introduction en Bourse sur ses propres plateformes.

Bats avait pourtant été initié par l'un des pionners du trading à haute fréquence, Dave Cummings, dans la continuité d'une compagnie qu'il avait fondée, du nom de Tradebot. Tradebot élaborait des algorithmes spécialisés dans les transactions boursières massives (beaucoup de volume) et rapides (beaucoup de transactions). Le système était considéré comme fiable et efficace, même si au début seule Island, la plateforme de Josh Levine, se montra suffisamment robuste pour absorber le gigantesque flux de transactions de Tradebot – Cummings échangea bon nombre de mails avec Levine pour stabiliser le système. Dave Cummings se vantait de ne jamais avoir perdu d'argent grâce à ses algorithmes, et certifiait que les titres négociés par ses plateformes électroniques ne restaient pas plus de 11 secondes entre les mêmes mains. Tradebot est aujourd'hui, avec Getco, l'un des plus importants opérateurs spécialisés dans le trading algorithmique.

L'échec de l'introduction en Bourse de sa compagnie fut donc considéré comme suspect. Non seulement l'événement faisait désordre, mais il eut également de fâcheuses conséquences pour les autres sociétés cotées sur les plateformes appartenant à Bats. La SEC exigea des explications et les dirigeants de la compagnie durent s'expliquer : d'après eux, il s'agissait d'un « problème technique » – dans ce genre de situation il fallait à tout prix éviter de prononcer le mot « bug », un terme vulgaire qui aurait remis en cause la fiabilité des machines.

En réalité, le problème était alphabétique : à partir de 10 h 45, une demi-heure avant l'entrée en Bourse de Bats, les cotations des sociétés dont le symbole* commençait par A et B commencèrent à devenir erratiques sur les plateformes BATS BZX et BATS BYX. À 10 h 48, Bats commença à enquêter sur ces dysfonctionnements. À 10 h 57, le cours de la compagnie ayant la plus grande capitalisation boursière au monde, Apple Inc., chuta rapidement de presque 10 % sur BATS BZX et BATS BYX – sa cotation fut alors suspendue pendant 5 minutes, fait rarissime. Et, toutes les plateformes concurrentes étant en réseau, ces problèmes se répercutèrent sur les autres marchés : le NASDAQ et le NYSE finirent par ne plus mettre à jour les cotations en provenance de Bats. L'archipel des marchés commença à se noyer.

* Le symbole d'une entreprise cotée en Bourse est son nom abrégé tel qu'il apparaît sur les écrans des marchés et des chaînes d'informations comme Bloomberg TV : AAPL désigne Apple, MSFT désigne Microsoft, et GS désigne Goldman Sachs (*N.d.T.*).

Comme le symbole de Bats commençait par un B, le marché qui s'introduisait lui-même en Bourse sur ses propres plateformes connut une véritable débâcle car un « problème technique » avait empêché sa propre cotation. Telle était du moins l'explication officielle donnée par Bats : en quelques centièmes de milliseconde, presque 100 millions de dollars s'étaient évaporés des marchés en raison d'un (non-)bug. Toutefois des rumeurs se mirent à circuler à la vitesse de la lumière : la chute insensée de la valeur boursière de Bats n'avait rien à voir avec ces problèmes alphabétiques. Les regards commencèrent à se tourner vers un marché concurrent, puis un blog bien informé évoqua un algorithme malveillant qui œuvrait à la milliseconde près. Face à Garry Kasparov, Deep Blue avait remporté une bataille par hasard grâce à un bug, mais rien dans l'introduction en Bourse catastrophique de Bats n'était dû au hasard ou à un bug, et encore moins à l'anxiété.

La confrontation entre Kasparov et Deep Blue fut considérée comme un moment décisif de la longue histoire des relations entre la rationalité humaine et l'intelligence artificielle des machines. La capacité à absorber l'information, à réaliser des calculs le plus rapidement possible et à prendre des décisions, est un problème auquel les humains sont confrontés depuis quelques siècles, voire des millénaires. Mais s'il y a 3500 ans, en Mésopotamie, des proto-algorithmes furent rédigés sur des tablettes en pierre pour résoudre des équations complexes liées au calcul de parts d'héritages familiaux, la capacité de calcul des êtres humains resta longtemps limitée aux opérations les plus simples. En outre, ces opérations étaient toujours sujettes à divers accidents – erreurs de calcul, erreurs dans la recopie manuelle des résultats, etc. Avant que les ordinateurs ne possèdent une puissance suffisante pour exécuter des ordres boursiers en quelques millisecondes, bien des expérimentations furent réalisées pour accélérer les opérations de calcul mathématique tout en réduisant les erreurs imputables à la défaillance humaine. L'une des plus spectaculaires eut lieu à l'initiative du baron Gaspard Clair François Marie Riche de Prony.

Né en 1755, ingénieur des Ponts et Chaussées depuis 1776 et spécialisé dans l'hydraulique, Gaspard de Prony fut nommé à la direction du cadastre après la Révolution française. La nouvelle Assemblée constituante avait décidé de faire le ménage dans les différents systèmes de mesure de l'Ancien Régime, et en 1791 elle avait voté en faveur d'un nouvel étalon : le mètre. Le nouveau système métrique devint obligatoire sur tout le territoire de la République française, et il eut ainsi des répercussions sur certaines opérations mathématiques, et notamment sur les logarithmes.

Les tables de logarithmes modernes, apparues au début du XVIIe siècle, représentaient sous forme tabulaire des calculs mathématiques de base dont avaient besoin les astronomes et les géographes, mais aussi les commerçants. Depuis l'explosion des échanges marchands à la fin de la Renaissance, comptables et investisseurs faisaient appel à cet outil précieux qu'étaient les tables logarithmiques, car elles simplifiaient les calculs (pour estimer par exemple le rendement futur d'un placement), du moins lorsqu'elles étaient justes et sans erreurs ; par ailleurs, elles leur permettaient de gagner un temps considérable.

Dans une société qui se dirigeait à grand train vers la révolution industrielle, le besoin en tables logarithmiques était croissant et Gaspard de Prony décida de « composer des tables qui ne laissassent non seulement rien à désirer quand à l'exactitude, mais à en faire le momument de calcul le plus vaste et le plus imposant qui eût jamais été exécuté ou même conçu ». Pour réaliser ce projet titanesque, soutenu par l'État français à l'aide de moyens financiers conséquents, Prony s'inspira de l'économiste Adam Smith et de ses *Recherches sur la nature et les causes de la richesse des nations*, son fameux ouvrage publié quelques années auparavant.

Prony emprunta notamment à Adam Smith le concept de « division du travail » que ce dernier avait théorisé en étudiant la fabrication des épingles, et il l'appliqua à la confection des tables logarithmiques sous la forme d'un « monument de calcul » : tout en haut d'une pyramide se trouvaient des « géomètres d'un grand mérite », des mathématiciens maîtres dans leur discipline qui rédigeaient les équations nécessaires au calcul des logarithmes ; le deuxième groupe était constitué d'une petite dizaine de « calculateurs » ou « algébristes », qui organisaient les calculs et les répartissaient au sein d'un troisième groupe constitué d'« ouvriers ». Cette soixantaine de travailleurs, dont la connaissance des mathématiques était rudimentaire, avaient la simple tâche de réaliser à la chaîne des additions et des soustractions, à raison de 1 000 par jour.

« Toutes les conditions que j'avais à remplir nécessitaient l'emploi d'un grand nombre de calculateurs ; et il me vint bientôt à la pensée d'appliquer à la confection de ces tables la division du travail pour réunir à la perfection de la main-d'œuvre l'économie de la dépense et du temps», expliqua Prony. Grâce à cette organisation pyramidale et à ses «ateliers de calcul», ou «manufacture à logarithmes», et en faisant exécuter les mêmes opérations de base par deux équipes différentes afin de repérer les éventuelles erreurs, Prony réussit à produire des milliers et des milliers de tables que l'Europe entière considéra comme les meilleures jamais conçues. Le baron avait au passage mis en avant une nouvelle génération de travailleurs : des ouvriers qui prendront le nom de «calculateurs humains».

Ces ancêtres de la calculatrice eurent un rôle important dans l'histoire des sciences, car cette main-d'œuvre mathématique ne fut pas seulement cantonnée à de simples opérations de calculs : les calculateurs humains se virent peu à peu confier des missions d'observation et de tri de l'information, par exemple dans le domaine de l'astronomie. Le fameux *Catalogue Henry Draper*, publié par l'Observatoire de l'université Harvard en 1918 et qui contenait la classification de plus de 222 000 étoiles, fut réalisé grâce à des équipes d'observateurs travaillant par groupes de cinq, nuit et jour, pendant quatre ans – engager des ouvriers «non qualifiés» pour observer et trier des milliers d'étoiles à partir de photographies était un moyen, pour les chercheurs expérimentés qui se trouvaient en haut de la pyramide, de s'assurer que les résultats obtenus ne l'étaient pas en fonction de convictions scientifiques ou philosophiques que les ouvriers, de toute évidence, ne possédaient pas.

Puis cette main-d'œuvre devint de plus en plus féminine. Les «ouvrières» commencèrent par travailler tout en bas de la pyramide, comme simples «opératrices» de calcul ou «observatrices», puis peu à peu elles passèrent des diplômes en mathématiques et en ingénierie ; leur présence au sein des équipes scientifiques devint alors primordiale. Le collectif ayant travaillé sur les classifications du *Catalogue Henry Draper* n'était en fait composé que de femmes et était connu sous l'appellation de «harem de Pickering», du nom du directeur de l'Observatoire d'Harvard, Andrew Pickering. La place de ces calculatrices dans l'histoire des sciences, et particulièrement de l'informatique, fut telle que lorsque l'Eniac apparut en 1946 – l'Eniac fut le premier ordinateur entièrement électronique jamais conçu, développé en secret pendant la Seconde Guerre mondiale pour calculer des «tables de tir» à destination de l'artillerie américaine –, les opérateurs qui le manœuvrait étaient des femmes. Les premiers programmeurs de l'histoire des machines furent en réalité des programmeuses.

En 1795, les « bureaux de calcul » où travaillait une main-d'œuvre mathématique bon marché avaient permis à Gaspard de Prony de produire des tables logarithmiques de grande qualité. Mais dès le début du XIXe siècle se posa la question de l'éventuel remplacement des calculateurs humains par des machines. La révolution industrielle avait prouvé que l'automatisation de certaines tâches à l'aide d'outils mécaniques permettait de gagner du temps et de produire des objets manufacturés uniformes. Toutefois, en dehors de quelques tentatives passées – les anciens abaques, la pascaline du philosophe français Blaise Pascal, la machine dite « de Leibniz » ou les règles à calcul –, aucune machine ne pouvait accomplir massivement les calculs élémentaires que Prony avait confiés à ses ouvriers calculateurs, sans oublier que malgré les vérifications croisées des résultats obtenus, le baron avait échoué sur un point : les tables n'étaient pas sans erreurs.

À partir des années 1830, un mathématicien anglais chevronné, inventeur émérite, mondain libéral et économiste de talent du nom de Charles Babbage, par ailleurs collectionneur de tables mathématiques en tout genre, décida de reprendre le grand projet de Prony en remplaçant l'ouvrier calculateur par des roues dentées. Un siècle avant que les Américains ne conçoivent la première machine électronique – l'Eniac –, l'Anglais Babbage allait inventer ce qui sera considéré comme le véritable ancêtre des ordinateurs. L'objectif de Charles Babbage était double : d'une part, éviter les erreurs de calcul en les faisant intégralement exécuter par une machine – quand bien même Babbage reconnaissait volontiers que les mathématiciens chevronnés du haut de la pyramide de Prony avaient fait plus d'erreurs que les ouvriers calculateurs ; d'autre part, trouver une solution pour faire disparaître les fautes dues à des erreurs de recopie manuelle des calculs exécutés par la machine.

Babbage, comme Prony, en revint à la division du travail d'Adam Smith et aux compétences des travailleurs, et commença à s'atteler aux premiers plans de sa Machine à différence, qui devint plus tard une Machine analytique. À l'aide de milliers de roues dentées, d'engrenages de toute sorte et de pièces mécaniques venues de tout le continent, l'Anglais conçut une énorme machine-outil qui : 1) réalisait automatiquement des calculs mathématiques de base ; et 2) les gravait sous forme tabulaire sur un stéréotype, une plaque en métal destinée aux imprimeurs. Grâce à ces deux opérations, les erreurs imputables aux êtres humains disparurent ; et disparurent également les ouvriers, désormais remplacés par des roues dentées.

Charles Babbage tenta également de trouver une solution pour programmer automatiquement les calculs, plutôt que d'être obligé de manipuler la machine pour chaque nouvelle opération. Il s'inspira des cartes perforées utilisées par les métiers à tisser Jacquard : la répartition spatiale des perforations sur une même carte représentait une information codée que les roues dentées de la machine interprétaient avant de délivrer le résultat du calcul souhaité. Babbage reçut à ce moment-là un soutien sans faille et une aide technique de la part d'une femme, Ada Lovelace. Fille du poète Lord Byron et douée en mathématiques, Ada perfectionna les cartes perforées, tenta de convaincre Babbage que ses machines avaient un potentiel qui dépassait de loin les simples tables mathématiques – elle avait compris que les cartes perforées allaient devenir numériques –, et laissa dans l'une de ses notes de travail une formule que beaucoup considèrent comme étant le premier algorithme informatique jamais conçu.

Pour diverses raisons, jamais Charles Babbage ne réussit pas à construire le véritable ordinateur qu'il avait en tête – il n'en fabriqua que des pièces, ou des modèles réduits. Ada Lovelace, qui fut la véritable première programmeuse de l'histoire, un siècle avant les calculatrices de l'Eniac, décéda à l'âge de 36 ans des suites d'un cancer – un langage de programmation créé au début des années 1980 par l'armée américaine fut nommé « Ada » en hommage au travail de cette pionnière de l'informatique. Quant à Charles Babbage, il continua jusqu'à la fin de sa vie à perfectionner les plans de ses machines, à investir de sa poche dans de nouvelles pièces mécaniques et à tenter de convaincre les académies scientifiques de l'avenir des ordinateurs, en vain. À ses obsèques, en 1871, seules quelques personnes l'accompagnèrent jusqu'à sa dernière demeure.

Les machines de Charles Babbage et les recherches sur les algorithmes menées par Ada Lovelace comptent toutefois parmi les moments les plus décisifs de l'histoire des ordinateurs.
À partir de 1991, le Science Museum de Londres entama la (re) construction de l'ordinateur tant rêvé par Babbage – à l'aide des mêmes pièces mécaniques utilisées un siècle plus tôt –, une machine que les visiteurs du musée peuvent aujourd'hui admirer dans toute sa splendeur. Les réflexions de Babbage sur la division du travail et ses conséquences dans l'organisation de tâches

mathématiques, exposées dans son *Traité de l'économie des machines et des manufactures* paru en 1834, eurent une influence notable sur un certain Karl Marx, qui habitait Londres à la même époque et observait avec attention la manière dont les travaux de Babbage étaient en train de révolutionner les rapports entre les humains et les machines.

« Dès que l'instrument, sorti de la main de l'homme, est manié par un mécanisme, la machine-outil a pris la place du simple outil. Une révolution s'est accomplie alors même que l'homme reste le moteur », écrivit Marx dans *Le Capital*, livre I, chapitre 15. C'est ce que Babbage avait réussi à accomplir : remplacer des ouvriers qui faisaient des additions et des soustractions à la chaîne par une machine-outil contrôlée par un être humain. Les « manufactures à algorithmes » étaient désormais devenues mécaniques ; les mathématiciens en chef qui se trouvaient en haut de la pyramide continuaient à diriger les opérations à l'aide de cartes perforées puis plus tard grâce au code informatique, un langage compréhensible tant par les humains que par les machines. Les calculs étaient automatisés, mais les décisions restaient humaines.

Le terme anglais *computer*, créé en 1646 par le polygraphe Thomas Browne, avait jusqu'alors désigné un être humain qui réalisait des calculs – en français, le mot « computer » était déjà employé par le philosophe Montaigne dès le XVIe siècle, forgé à partir du latin *comput*. Avec Charles Babbage, *computer* commença à prendre le sens de « machine », mais il faudra attendre les années 1950 pour que le mot ne désigne plus autre chose qu'un ordinateur. Avant cela, un *computer*, c'était un être humain.

Aussi Charles Babbage le libéral et Karl Marx le révolutionnaire se seraient-ils sans doute étranglés à la lecture d'un article paru dans *The Economist* le 3 décembre 2011 et intitulé « Return of the human computers ». On y apprend que « ces dernières années les calculateurs humains ont refait leur apparition », qu'« une nouvelle génération de calculateurs humains effectuent différentes tâches que les ordinateurs ne peuvent assurer » ; on y apprend que l'écriture d'entrées encyclopédiques est répartie par un ordinateur entre divers rédacteurs, que des fichiers sonores sont découpés en plusieurs morceaux et automatiquement envoyés à des humains pour être transcrits avant qu'un algorithme ne recolle les morceaux ; on y apprend que lorsqu'une photographie prise par un smartphone est de qualité insuffisante pour qu'un ordinateur puisse identifier les objets qui y sont visibles, cette photographie est envoyée dans des fermes où des observateurs humains travaillent à la chaîne et doivent identifier en trente secondes les objets avant d'envoyer leur réponse à l'algorithme.

L'article de *The Economist* montre qu'un retournement spectaculaire s'est opéré entre la fin du XIXe et le début du XXIe siècle. Il aurait été inconcevable, pour Prony, Babbage et Marx, que les mathématiciens qualifiés se trouvant tout en haut de la pyramide fussent remplacés par une machine. Seuls les ouvriers du bas de l'échelle et dont les tâches étaient simples devaient disparaître au profit d'opérations mécaniques. Mais le soulèvement des machines a engendré l'inimaginable : les ouvriers ont fait leur retour, ils sont désormais chinois et travaillent à la chaîne dans des hangars pour identifier des objets sur des photographies passées par Instagram, de la même manière que le « harem de Pickering » de l'Observatoire d'Harvard avait minutieusement analysé des dizaines de milliers de photographies pour produire le *Catalogue Henry Draper*. La seule différence, mais elle est de taille, est que le collectif d'ouvrières d'Harvard avait été dirigé par un être humain là où désormais les nouveaux *human computers* sont à la merci d'un algorithme qui ne leur laisse que trente secondes pour accomplir leur tâche. La pyramide s'est inversée : c'est un algorithme qui prend les décisions, et les humains sont à la merci de la temporalité des machines.

Même si son père avait été un riche banquier et que lui-même avait commencé sa carrière dans le milieu des assurances en élaborant des tables de mortalité – ces tables permettent par exemple d'étudier l'espérance de vie d'une population, et donc de calculer le coût d'une assurance-vie –, et malgré les prospections d'Ada Lovelace, l'« enchanteresse des nombres », pour optimiser ses machines grâce à des programmes informatiques, Charles Babbage n'a semble-t-il jamais songé à construire une machine destinée à être utilisée exclusivement par les marchés financiers. Il aurait toutefois été entièrement d'accord avec Thomas Peterffy lorsque celui-ci affirma en 2010 que les machines « ont évolué plus rapidement que notre capacité à les comprendre et à les contrôler », et ce pour une simple raison : cette perte de contrôle est due au fait que le haut de la pyramide, là où se trouvaient les décideurs, est devenu une zone grise où des algorithmes se battent entre eux pour arriver en tête et prendre une décision avant les autres.

En 1795, grâce à la division du travail, Gaspard de Prony réussissait à calculer 200 logarithmes par jour à l'aide d'une équipe d'une centaine de personnes : quelques mathématiciens tout en haut, une poignée d'algébristes en dessous et quelques dizaines d'ouvriers en bas de l'échelle. Sans cette organisation pyramidale, ces 200 logarithmes auraient demandé 2 100 collaborateurs. Dans les années 1850, grâce à la mécanisation du travail des calculateurs, la machine de Babbage pouvait calculer 1 000 logarithmes par jour, soit l'équivalent de la somme de travail de 10 500 calculateurs humains. Un siècle plus tard, sous la direction de six femmes, un ordinateur comme l'Eniac achevait le travail de ces 10 500 calculateurs en quelques secondes.

En 2013, il faut à peine quelques nanosecondes à un ordinateur pour calculer des milliers de logarithmes lui permettant ensuite, en quelques microsecondes, de prendre la décision d'acheter ou de vendre un titre boursier sur l'une des treize plateformes électroniques américaines où une puce électronique spécialement optimisée pour le trading à haute fréquence finira par exécuter cet ordre en 740 nanosecondes. L'opération aura demandé dix fois moins de temps qu'il n'en faut à un être humain pour cligner de l'œil.

Deep Blue avait vaincu Garry Kasparov non seulement parce que sa capacité de calcul dépassait celle d'un être humain, mais aussi et surtout parce que l'algorithme prenait lui-même une décision, même si ce fut finalement un bug qui permit à l'ordinateur de remporter la partie – « n'importe quel jeu d'adresse est susceptible d'être joué par un automate », avait écrit Babbage. Ce qui est valable aux échecs l'est d'autant plus sur les marchés financiers : des calculs mathématiques et statistiques sont réalisés en quelques nanosecondes en fonction de l'état du carnet d'ordres avant que des algorithmes prennent la décision d'acheter ou de vendre un titre.

Le problème survient lorsque des machines s'affrontent entre elles à une vitesse telle que l'être humain ne peut plus rien contrôler : les marchés deviennent alors indomptables. D'où le surnom que les initiés au trading à haute fréquence donnent désormais à cet archipel mondial de plateformes électroniques : SkyNet, le réseau informatique de la série de films *Terminator* qui se retourne contre ses créateurs humains – le sous-titre du troisième opus, « Le soulèvement des machines », sera repris par la Réserve fédérale américaine pour désigner la prise de pouvoir des machines sur les opérations boursières.

Les marchés ne sont plus qu'un immense théâtre des opérations où les calculateurs humains seraient bien incapables de comprendre quoi que ce soit. Les 24 gentilshommes qui avaient créé le NYSE en 1792 et qui se réunissaient chaque jour sous un platane ont été remplacés par des algorithmes qui travaillent à la microseconde près, soit bien en dessous des 650 millisecondes en deçà desquelles un être humain est incapable de prendre une quelconque décision. Ces algorithmes passent leur temps à observer minutieusement l'état du marché – soit des milliards et des millards de d'informations –, de la même manière que le « harem de Pickering » avait examiné des milliers de photographies astronomiques à la loupe, à la différence près qu'un algorithme n'est ni féminin ni masculin, et qu'il n'a pas besoin de caféine pour rester éveiller.

Les machines sont désormais dans les mains d'experts en physique quantique et en intelligence artificielle, ce qui explique les rumeurs qui se propagèrent après l'échec de l'introduction en Bourse de Bats Global Markets, le 23 mars 2012, car bien évidemment le « problème alphabétique » de la compagnie de Dave Cummings n'avait aucun rapport avec le fait que sa capitalisation boursière se soit évaporée en 900 millisecondes.

Zerohedge.com, un blog collectif bien informé prétendument dirigé par un initié au trading à haute fréquence du nom de Tyler Durden, commença par pointer du doigt le NASDAQ. Les soupçons n'étaient pas complètement infondés : l'apparition des plateformes d'échanges électroniques puis la libération des marchés décidée par les régulateurs pour les mettre en concurrence avaient abouti à une situation où des marchés historiques comme le NASDAQ se retrouvaient désormais face à des challengers comme Island, Archipelago ou Bats, lesquels avaient attaqué parfois sauvagement le monopole du plus ancien marché électronique. Il n'était donc pas impensable qu'un nouveau venu comme Bats, au moment de s'introduire en Bourse chez un concurrent comme le NASDAQ, fusse victime d'une tentative de destruction massive et revancharde via un algorithme que le blog qualifiait de « malveillant ».

Zerohedge avait raison sur le fait que les 91 millions de dollars de capitalisation n'avaient pas disparu inopinément, mais il avait tort sur deux points. L'attaque ne venait pas du NASDAQ, et l'algorithme était un véritable tueur. Nanex, une compagnie spécialisée dans l'observation des marchés électroniques et qui scrute à longueur de journée les flux du trading à haute fréquence comme un médecin légiste examine un cadavre, finit par révéler le fond de l'affaire.

Un algorithme « aussi précis qu'un maître horloger » œuvrant sur la plateforme du NASDAQ avait consciencieusement entrepris un travail de sape en jouant sur une option du nom d'*intermarket sweep order*, laquelle permet à un investisseur de disséminer des ordres sur les différentes plateformes de l'archipel des marchés américains. Les courbes des graphiques livrés par Nanex sont sans appel : milliseconde par milliseconde, avec une précision logarithmique qui aurait rendu Gaspard de Prony vert de jalousie, l'algorithme a méthodiquement œuvré pour que la cotation de Bats soit réduite à néant. « Regardez le timing !, lisait-on sur le blog de Nanex, c'est beaucoup trop parfait. Beaucoup. Trop. Parfait » pour être le résultat d'un bug.

Bats avait donc été victime d'une attaque algorithmique radicale dont l'objectif était de réduire à néant sa capitalisation boursière. Il faut 350 millisecondes à un être humain pour cligner de l'œil, et en seulement quatre clins d'œil 91 millions de dollars s'étaient envolés. Bats affirma dans un premier temps que cet algorithme avait pour nom UTP SPI, UTP étant l'acronyme de Universal Trading Platform, le nom de la plateforme de NYSE Euronext, ce qui contredisait Nanex pour qui l'algorithme venait du NASDAQ. Quoi qu'il en soit, Nanex réussit à identifier les humains qui se trouvaient derrière cet algorithme assassin mais ne révéla pas leurs noms, et curieusement les premiers commentaires concernant l'affaire disparurent de son blog, comme s'il fallait que l'affaire soit étouffée. Qui plus est, ni Bats ni la SEC ne s'épanchèrent davantage sur ce cas d'école inédit.

On ne connaîtra jamais l'identité de ceux qui ont tiré en rafales, milliseconde par milliseconde. Cette nouvelle bataille confirmait toutefois que les marchés étaient désormais le lieu de tous les conflits et que le gagnant était celui qui possédait l'algorithme le plus efficace et le plus rapide. « SkyNet est en guerre ouverte », pouvait-on lire dans la presse spécialisée après cette affaire détonante, mais là encore les blogs avaient tort. Alors qu'une guerre est un conflit déclaré entre deux forces majeures où les combats ont principalement lieu sur une ligne de front identifiée, le théâtre des opérations que sont devenus les marchés électroniques est en réalité un terrain propice à d'autres types de conflits, beaucoup plus malsains et destructeurs : des guérillas.

3 | PROIES ET PRÉDATEURS

Quelle définition donner du trading à haute fréquence ? « Le terme est relativement nouveau et n'est pas encore clairement défini », répondit la SEC en janvier 2010 dans un rapport intitulé *Concept Release on Equity Market Structure*. Les autorités publiques censées réguler les marchés financiers n'ont en réalité pas vraiment idée de ce qui se trame au sein de ce réseau de machines si complexe que le simple fait de le placer sous surveillance relève de l'impossible.

L'expression « est usuellement utilisée pour se référer à des traders professionnels qui s'engagent dans un grand nombre d'opérations par jour, tenta la SEC. D'autres caractéristiques sont souvent attribuées aux transactions à haute fréquence, comme l'utilisation de programmes informatisés extraordinairement rapides et sophistiqués pour la genèse, le routage et l'exécution des ordres, ou des délais très courts pour établir et liquider les positions. » Concrètement, des machines organisent l'exécution de stratégies de négociation électronique impliquant une rotation extrêmement rapide des capitaux à l'aide de programmes qui analysent les cotations avant de détecter puis d'exploiter des opportunités de transactions en quelques millionièmes de seconde. Contrairement à ceux qui investissent à long terme, les traders à haute fréquence liquident leur position à la fermeture des marchés – c'est du trading au jour le jour –, et compte tenu de la décimalisation décidée par Reg NMS, les marges ou les pertes sont minimes – en moyenne 0,1 *cent*. Ceci explique le volume monstrueux des cotations, des ordres annulés et des transactions qui ont lieu quotidiennement : le seul New York Stock Exchange voit défiler 22 milliards de cotations chaque jour. La faiblesse des marges explique également l'importance de la vitesse et de ce que les spécialistes appellent le « temps de latence », à savoir le délai nécessaire aux machines pour absorber les informations relatives au carnet d'ordres et prendre une décision en fonction de ce flux incessant de données.

Un trader à haute fréquence est un robot, le descendant du cyborg de Thomas Peterffy, un mélange de code informatique et de puces électroniques dont la tâche n'est guère éloignée de celle de Deep Blue : observer et décider. Grâce à des centaines d'algorithmes (certains traitent les informations, d'autres prennent des décisions, d'autres encore font le lien entre les deux, sans compter ceux qui assurent le routage entre les différentes plateformes), les machines tentent d'aller plus vite les unes que les autres dans le but de saisir une opportunité qui aurait échappé aux concurrents en raison de leur inattention ou de leur lenteur. Chaque milliseconde compte : « trois millisecondes dans le temps informatique représentent une heure de temps humain », affirme un spécialiste.

Le trader à haute fréquence doit donc obtenir et traiter les informations avant les autres, d'où les dizaines de milliers de serveurs nécessaires pour stocker les milliards de milliards de données financières produites chaque jour au sein des plateformes électroniques, raison pour laquelle le NYSE a décidé de déménager à Mahwah en 2010. Mais aucun changement fondamental n'a eu lieu entre 1792 et 2012. Les 24 bourgeois qui avaient fondé le NYSE n'avaient qu'un objectif : acheter un titre au plus bas, le revendre au plus haut et se mettre dans la poche la marge réalisée entre les deux opérations. Il en va de même aujourd'hui, sauf que la rapidité des analyses et des décisions n'est temporellement plus tangible pour les humains : non seulement ils ne peuvent calculer aussi rapidement que les machines (ce que l'on sait depuis Charles Babbage), mais aussi et surtout ils sont rigoureusement incapables d'observer en temps réel ce que font les algorithmes qu'ils ont programmés pour observer les marchés à leur place.

Dans le trading à haute fréquence comme au cours d'une partie d'échecs, tout repose sur une stratégie de jeu doublée d'une observation constante des mouvements de l'adversaire, à ceci près que sur les marchés financiers l'adversaire a de multiples visages : les algorithmes de Goldman Sachs se retrouvent face à ceux de Morgan Stanley, et les uns comme les autres doivent aussi affronter ceux de Crédit Suisse, de Getco, de Knight Capital, de Citibank, et ainsi de suite. Au sein de cet immense réseau de systèmes de négociation électronique, les ennemis sont partout, d'où le nom d'un des algorithmes les plus célèbres : Guerrilla.

Le 3 septembre 2012, Crédit Suisse First Boston, l'une des plus grosses banques d'investissement au monde, sérieuse concurrente de Goldman Sachs, annonça le lancement de Guerrilla sur les marchés asiatiques. « Guerrilla est depuis longtemps une des stratégies de négociation les plus populaires aux États-Unis et en Europe. C'est un algorithme qui est flexible et suffisamment intuitif pour s'adapter en temps réel à l'état du marché », commenta à cette occasion un directeur exécutif d'Advanced Execution Services (AES), le bras armé électronique de Crédit Suisse.

Reconnu dans le monde entier comme étant l'un des meilleurs fournisseurs d'algorithmes financiers de très haut niveau, AES fut créé en 2001 par Daniel Mathisson, l'une des vedettes du trading à haute fréquence, pour que Crédit Suisse bénéficie d'infrastructures informatiques solides permettant aux algorithmes créés par la banque de travailler dans des conditions optimales. Dix ans plus tard, AES était actif dans plus de 40 pays et gérait à lui seul près de 14 % des transactions boursières aux États-Unis, soit plus d'1 milliard de transactions par jour. En 2008, alors que la crise liée aux *subprimes* faisait passer dans le rouge les comptes de la plupart des banques mondiales, AES rapportait plus de 800 millions de dollars à Crédit Suisse, un succès en grande partie imputable à Guerrilla.

Dans un document publié en décembre 2010 à destination de ses clients et intitulé *In Search of the "Perfect Algo"*, AES expliquait que « si les Américains sont fiers de leur liberté et des choix qu'ils peuvent faire à presque tous les niveaux de leur existence, les études sur le comportement ont montré qu'un consommateur est en réalité accablé par toutes les alternatives qui s'offrent à lui. Nous arrivons à la même conclusion : malgré le fait que plusieurs variétés d'algorithmes sont à la disposition des traders, nous avons constaté que la grande majorité d'entre eux n'utilisent seulement qu'une ou deux tactiques élaborées par AES ». Parmi elles il y a Guerrilla, un algorithme conçu sous la houlette de Mathisson et dont la tâche est d'acheter et de vendre des titres avec dextérité et rapidité tout en évitant que ses activités ne soient repérées par les algorithmes concurrents – il faut avancer masqué. Le document, qui compare différents types de stratégies algorithmiques, démontre aux clients de la banque que les « algorithmes ont différents niveaux d'agressivité », que cette agressivité est l'un des éléments les plus importants pour rendre l'algorithme efficace et que, bien évidemment, « les ordres exécutés par Guerrilla sont généralement bien plus agressifs » que ceux de ses concurrents.

Mathisson a également supervisé la création d'un autre algorithme : Blast. D'après *Advanced Trading*, l'une des revues spécialisées dans le trading à haute fréquence, Blast serait l'algorithme le plus agressif de Crédit Suisse, plus agressif encore que Guerrilla. Il a été conçu pour exécuter des volumes d'ordres importants passés par des investisseurs institutionnels comme les fonds de pension en les répartissant au même moment sur les diverses plateformes électroniques, de telle manière que les algorithmes concurrents ne puissent réagir rapidement à cette dissémination des ordres. Blast découpe ces ordres volumineux en morceaux quasi invisibles tout en utilisant des stratégies diverses et variées pour masquer ses traces et de noyer le poisson.

« Blast n'est pas fait pour être utilisé de manière récurrente, explique Mathisson à *Advanced Trading*, car si vous le faites, il y a une chance pour que les autres le repèrent. Blast ne laisse à personne le temps de changer de position. Nous avons là un algorithme qui rend clairement les marchés plus efficaces, ajoute-t-il. Quand les gens ont le choix entre être patient ou agressif avec un algorithme, ils choisissent l'agressivité » (de toute manière, on ne voit guère comment un robot jouant sur des positions à la milliseconde pourrait se montrer patient). Pourtant, même Dan Mathisson, comme Thomas Peterffy, face aux conséquences imprévues engendrées par la cohabitation des algorithmes et la rapidité inouïe du système, finira par reconnaître en 2011 que les marchés sont devenus dangereux : « Nous devons faire quelque chose », affirma-t-il lors d'une audition devant la SEC, ce à quoi les opposants au trading à haute fréquence répondraient probablement qu'il aurait fallu se montrer un peu moins agressif auparavant pour éviter d'en arriver à cette situation. Mais en attendant que quelqu'un ne fasse

« quelque chose », Guerrilla et Blast doivent affronter des concurrents tout aussi agressifs, chacun à leur manière.

Il y a Sniffer, un algorithme qui passe son temps à repérer la présence d'autres algorithmes. Lorsque Sniffer a détecté un concurrent sérieux, il tente d'en comprendre la stratégie, puis il joue contre lui ou il l'imite en espérant le déstabiliser suffisamment dans l'espoir d'arriver à un moment où il pourra en tirer quelque bénéfice. L'une des tactiques de Sniffer est de servir d'appât : « Sniffer envoie parfois des ordres en petite quantité et attend de voir si quelqu'un arrive et se montre intéressé », confie un analyste, et si l'ennemi mord à l'hameçon alors Sniffer ne lâche pas sa proie tant qu'il n'a pas réussi à exploiter une faille chez son adversaire.

Il y a Stealth, un algorithme conçu par Deutsche Bank dont une mise à jour fut lancée sur le marché en mai 2011. Deux mois plus tôt, une étude annuelle et indépendante basée sur l'analyse de 7500 milliards de transactions dans 70 pays différents avait montré que la première banque allemande avait dépassé Goldman Sachs dans le classement des opérateurs de marchés ayant obtenu les meilleurs prix pour leurs investisseurs. *High Frequency Trading Review*, une autre revue spécialisée, fit à cette occasion une interview du responsable des opérations électroniques de la banque, Jose Marques, lequel se trouve être – comme par hasard – l'ancien adjoint de Dan Mathisson au Crédit Suisse. Marques explique que « l'objectif de cette nouvelle version est le même qu'auparavant : c'est un algorithme opportuniste qui recherche la liquidité à un moindre coût et qui est destiné aux ordres passés par des investisseurs institutionnels » comme des fonds de pension. La liquidité est le Saint-Graal des *market makers* et des traders hyperapides : la capacité d'un titre à être échangé explique que bon nombre d'algorithmes de trading sont conçus pour renifler les valeurs offrant le maximum de liquidité ; plus une valeur est liquide, plus elle permet des transactions rapides et à moindre coût.

« Dans le passé, l'intermédiaire clé des transactions, celui qui fournissait de la liquidité, c'était habituellement un être humain, poursuit Marques. Aujourd'hui, suite aux transformations des marchés ces dernières années, ce modèle a été complètement supplanté par les traders à haute fréquence. Les humains ont une manière très particulière de gérer la complexité : ils prennent un problème compliqué, ils le divisent en un petit nombre de variables et puis ils cherchent des relations fortes entre ces variables. Les machines n'ont pas du tout la même approche. Elles prennent des espaces compliqués, elles les découpent en de multiples variables, puis elles cherchent des liens très simples entre ces variables. La raison pour laquelle elles agissent ainsi est qu'elles sont capables de réaliser les calculs nécessaires bien plus rapidement que les humains » – une division du travail digne de celle de Gaspard de Prony.

« C'est bien plus que de la technologie, tout cela va au-delà de ces plateformes au temps de latence très faible que nous avons aujourd'hui, ce qui est un problème purement technique car si vous avez les moyens de faire un chèque, vous pouvez aller aussi vite que vous voulez. De notre côté, nous avons développé plusieurs modèles de microstructures de marché et nous les avons incorporés dans Stealth. L'un d'entre eux observe la dynamique du carnet d'ordres, la manière dont il peut diminuer, entre autres facteurs. Nous avons conçu un modèle qui peut prédire, sur les marchés américains, la nouvelle valeur que va prendre un titre avec 85 % de taux de réussite », ce qui est également l'un des objectifs du trader à haute fréquence : non seulement aller vite, mais aussi anticiper, comme aux échecs. « Est-ce que cette version de Stealth est en production ? », demanda *High Frequency Trading Review* à la fin de l'interview, ce à quoi Marques répondit positivement avant d'ajouter que l'avenir de Stealth se jouerait en Asie et au Brésil, et que la banque tenterait de recruter des clients « avec agressivité ». Les humains sont tout aussi agressifs que les algorithmes.

Il y a Iceberg, un algorithme qui fractionne un volume d'ordres important en petites portions de sorte que l'intégralité du volume initial échappe au nez des renifleurs. Interactive Brokers, la société de Thomas Peterffy, propose sur son site internet une vidéo éclairante sur ces ordres dits « cachés » : les petites quantités d'ordres apparaissent sur les plateformes électroniques en tant que partie immergée de l'iceberg, puis celui-ci fond peu à peu à mesure que le volume initial est écoulé par petites tranches.

Il y a Shark, dont la tâche consiste à repérer des ordres passés en petite quantité et qui masquent malicieusement un volume bien plus important. Shark tente donc de repérer Iceberg de manière à pouvoir anticiper les ordres qui sont encore cachés dans l'océan avant qu'Iceberg n'ait complètement fondu. Iceberg essaie de noyer le poisson mais peut toujours se faire mordre par un requin.

Il y a Dagger, un algorithme conçu par Citibank dont une version optimisée à été lancée en septembre 2012. Comme Stealth, dont il est un concurrent, Dagger part à la recherche des valeurs les plus liquides, à un détail près : « Bien des algorithmes spécialisés dans la recherche de la liquidité échouent à prendre en compte l'impact de leurs propres activités sur les marchés, explique le responsable de la division Algorithmic Products de la banque, c'est un problème de plus en plus récurrent, et Dagger a été conçu tout spécialement pour l'éviter. »

Il y a Sumo, un algorithme conçu par Knight Capital, l'un des opérateurs de marchés à la pointe du trading à haute fréquence qui échange à lui seul plus de 20 milliards de dollars de liquidité par jour. Sumo, comme son nom l'indique, est spécialisé dans la négociation de volumes d'ordres dodus : plutôt que de répartir les ordres sur les diverses plateformes comme le ferait Guerrilla – ce qui aurait le désavantage de rendre éventuellement visibles ses activités et donc d'augmenter le risque de se faire attaquer par des requins –, Sumo n'y va pas par quatre chemins et recherche, sur une seule plateforme, un algorithme en quête de liquidité prêt à mordre à l'hameçon.

Il y a aussi Oasis (un collègue de Sumo mais plus maigre), Sonar (un algorithme de Goldman Sachs spécialisé dans la liquidité, actif au Brésil depuis mars 2012), Razor, Scouter, Aqua, Ninja, Arid, Night Vision, Cobra, Ambush, Nighthawk et bien d'autres qui s'épient mutuellement à longueur de journée.

Il y a aussi les algorithmes sans nom ni visage, comme celui qui a méticuleusement anéanti la capitalisation boursière de Bats Global Markets en une seconde et demie. Étant donné la manière complexe dont les ordres circulent au sein du réseau des systèmes de négociation, il est le plus souvent impossible de savoir d'où viennent ces algorithmes espiègles qui déstabilisent parfois les marchés. Nanex, la compagnie qui avait exceptionnellement réussi à remonter aux créateurs de l'algorithme ayant mis à terre Bats, détecte régulièrement des anomalies imputables à des algorithmes guerriers, parfois à la limite de la légalité.

Il y a cet algorithme étrange qui, le 30 novembre 2009, puis le 30 novembre 2010, puis le 30 novembre 2011 et enfin le 30 novembre 2012, apparaît sur la plateforme du NASDAQ, de manière systématique quelques minutes avant la fermeture du marché – sans doute l'un de ces programmes spécialement conçus pour travailler quelques millisecondes avant que les marchés ferment, dans l'espoir que les concurrents ne puissent réagir à temps.

Il y a cet algorithme malin qui, le 18 juillet 2012, a acheté 14214 actions d'Alliance Holdings – la maison mère d'une compagnie spécialisée dans l'extraction de charbon – alors que le titre était au plus haut, avant de revendre 14 203 actions lorsque le titre était au plus bas, le tout en quelques secondes et sur huit plateformes différentes. Comme les algorithmes ne sont pas conçus pour perdre de l'argent, il y a des raisons de penser que ce geste était volontaire : en jouant rapidement sur la volatilité des cours, l'algorithme a probablement permis à un complice de gagner quelques *cents* en jouant sur un titre associé, de près ou de loin, à Alliance Holdings, une pratique courante dans les négociations boursières relatives aux matières premières. Le même algorithme avait déjà sévi le 2 mai 2012 en jouant à perte sur plus de 34 cotations en 54 secondes, ce qui suggère que son comparse a probablement dû faire quelque profit par ailleurs pour compenser ces pertes.

Il y a cet algorithme très obscur qui, le 1er octobre 2012, a placé un nombre d'ordres si volumineux qu'il fut responsable à lui seul de plus de 4 % des cotations du jour sur les plateformes américaines, en jouant sur plus de 500 titres différents. Ce volume monstrueux fit son effet dans le petit monde du trading à haute fréquence : cet algorithme était du pur délire. Il n'a œuvré qu'au NASDAQ en injectant des ordres toutes les 25 millisecondes, par tranche de 200 cotations, 400 cotations, 1000 cotations, etc., avant de tous les annuler. L'algorithme n'a pas réalisé une seule transaction mais en revanche le volume des cotations était si colossal qu'il accapara plus de 10 % de la bande passante des câbles destinés aux opérations de trading – du pur délire. Cela faisait en réalité partie de la stratégie globale des humains ayant conçu cet algorithme belliqueux : en monopolisant autant de bande passante, l'algorithme ralentissait le réseau, et donc ses concurrents. Bien joué.

Ce Sumo d'un genre inédit fit sensation au point que les débats sur le trading à haute fréquence s'invitèrent sur les plateaux des chaînes de télévision. CNBC, l'une des principales chaînes d'informations financières en continu avec Bloomberg TV, qualifia cet algorithme de « mystérieux » et rapporta l'avis d'un spécialiste des transactions électroniques, pour qui l'algorithme « était probablement en train de tester le marché, comme les traders à haute fréquence le font souvent ; dès qu'ils ont plus de bande passante, les traders électroniques voient rapidement comment ils peuvent maximiser le temps de latence ».

Cet « algorithme aux 4 % » eut même les honneurs du *Colbert Report*, une des émissions satiriques les plus fameuses des États-Unis. « Le secteur financier est bien plus fiable aujourd'hui car Wall Street a éliminé le maillon faible : l'homme ! », plaisante le présentateur vedette, Stephen Colbert, « ... sauf chez Goldman Sachs », ajoute-t-il alors que des images de machines extraites du film *Matrix* passent à l'écran. Puis Colbert se moque de ces machines qui ne gagnent que des *cents* (« très utile pour aller au distributeur du coin »), avant de citer cet algorithme qui « non seulement est très rapide, mais a aussi ralenti tous les autres », concluant sur le fait qu'un trader à haute fréquence peut très bien faire disparaître les retraites de tout un chacun en un rien de temps – une allusion probable au fait que les fonds de pension, qui gèrent les systèmes d'épargne retraite par capitalisation, sont avides d'algorithmes de type Sumo pour leurs opérations boursières. « Nous pensons que cet algorithme va continuer à se développer, et que s'il n'est pas maîtrisé il pourrait très bien mener au prochain *flash crash* », affirme plus sérieusement Nanex de son côté.

Ces algorithmes qui ne font que tester les marchés sans réaliser la moindre transaction – car ils testent en réalité la réactivité de leurs concurrents – apparaissent régulièrement sur les écrans des rares observateurs qui tentent de déceler la présence de ces requins. Ces tests en situation réelle sont même très prisés par ceux que l'on désigne sous le terme de *quants*, des experts en données quantitatives, en économie expérimentale ou en intelligence artificielle, issus des meilleurs centres de recherche du monde. Bien avant le soulèvement des machines, ces spécialistes ont longuement étudié la mécanique des marchés à l'aide de modèles mathématiques qui seront par la suite simulés dans les algorithmes.

Le plus illustre de ces experts est peut-être Vernon Smith, l'un des pionniers de l'économie expérimentale qui reçut en 2002 le « prix Nobel » d'économie pour ses travaux réalisés à l'université d'Arizona dans les années 1960 et 1970. Smith s'intéressa à ce que les économistes appellent « la formation de prix d'équilibre dans les marchés », c'est-à-dire les conditions permettant à un acheteur et à un vendeur d'arriver à un prix acceptable pour l'un comme pour l'autre, avant de réaliser une transaction.

Il recréa en laboratoire un marché à double enchère et recruta des étudiants inexpérimentés pour étudier leurs comportements : certains achetaient, d'autres vendaient. Puis, dans un second temps, il construisit un marché virtuel à l'aide d'un réseau d'ordinateurs grâce auxquels les étudiants passaient leurs ordres. Smith et ses collègues pouvaient ainsi étudier de près l'évolution du carnet d'ordres et la manière dont acheteurs et vendeurs parvenaient à s'entendre pour échanger. Ces expériences lui permirent de valider scientifiquement le point d'équilibre théorique de la formation d'un prix théorisé par les tenants de l'économie classique.

Ces premiers résultats, publiés en 1962 par le *Journal of Political Economy* dans un article célèbre, « An Experimental Study of Competitive Market Behavior », ouvrirent un vaste champ de recherche sur le fonctionnement des microstructures de marchés, où s'engouffrèrent non seulement des économistes, mais aussi – et de plus en plus – des informaticiens. Plusieurs marchés électroniques expérimentaux furent constitués, et rapidement les étudiants furent remplacés par des robots programmés à l'aide d'algorithmes. Les traders devinrent alors des « agents » évoluant dans un monde totalement informatisé.

L'un de ces marchés expérimentaux ne fut pas sans lien avec le soulèvement des machines : le Penn-Lehman Automated Trading Project, cofinancé par la banque Lehman Brothers et mené sous la houlette de Michael Kearns, un chercheur spécialisé dans la théorie des jeux, les réseaux sociaux et la finance quantitative. Le projet s'appuyait sur un marché virtuel, le Penn Exchange Simulator, mais contrairement aux expériences précédentes il utilisait en temps réel les données des carnets d'ordres des plateformes de négociation électroniques naissantes. Parmi celles retenues par Kearns et son équipe se trouvait Island, le système créé par Josh Levine – lequel, comme à son habitude, accepta de collaborer étroitement avec les chercheurs pour relier sa plateforme au Penn Exchange Simulator.

Le plus célèbre des marchés virtuels fut toutefois le Sante Fe Artificial Stock Market, créé au début des années 1990 par le Santa Fe Institute. Il s'agissait d'un « marché financier basé sur des agents » où des algorithmes étaient programmés pour reproduire le comportement des êtres humains agissant au sein des places financières. Dans un article fondateur publié en 1993 et intitulé « Designing Economic Agents that Act Like Human

Agents: A Behavorial Approach to Bounded Rationality», Brian Arthur, l'un des prestigieux membres du Santa Fe Institute, écrivit que «la plupart des économistes sont d'accord sur le fait que les capacités de raisonnement des êtres humains sont restreintes – la rationalité humaine est limitée. Le problème est alors de savoir comment modéliser les choix économiques qui vont au-delà de ces limites». Pour Arthur, la solution réside non seulement dans l'élaboration d'algorithmes – des «agents calibrés» – qui reproduisent le comportement des humains et prennent des décisions «humaines» en fonction d'un contexte donné, mais aussi et surtout dans la capacité de programmer ces algorithmes de telle manière qu'ils «reproduisent l'apprentissage des humains» lorsque ces derniers se trouvent face à un problème auquel ils n'ont jamais été confrontés auparavant.

Ainsi naquirent ce que l'on nomme aujourd'hui des «algorithmes d'apprentissage», des agents doués d'une intelligence et qui apprennent à s'autoprogrammer en fonction du contexte dans lequel ils évoluent – Shark, Iceberg et Sumo font partie de ce nouveau genre d'algorithme. «Nous constatons que les agents calibrés apprennent à acheter et à vendre des titres de manière appropriée, écrit Arthur en conclusion de son article, même si nous remarquons toutefois également que des bulles spéculatives et des krachs surviennent», une constatation peu encourageante mais qui n'empêcha pas – bien au contraire – les machines d'envahir les marchés et de provoquer le troisième krach boursier le plus important des marchés américains après ceux de 1929 et 1987: le fameux krach éclair du 6 mai 2010.

En cette même année 1993, deux autres chercheurs, Dhananjay K. Gode et Shyam Sunder, publièrent dans le *Journal of Political Economy* un article qui fit date, au titre explicite: «Allocative Efficiency of Markets with Zero Intelligence Traders: Market as a Partial Substitute for Individual Rationality». Les chercheurs tentèrent de répondre à cette question: le fonctionnement d'un marché et le point d'équilibre de la formation d'un prix sont-ils le fruit de la bonne organisation du marché ou de l'intelligence des traders? Pour résoudre le problème, les scientifiques s'intéressèrent aux marchés à double enchère sur lesquels Vernon Smith avait travaillé et conçurent des agents algorithmiques dits «sans intelligence»: ces algorithmes étaient programmés de telle manière qu'au début des tests leur connaissance de la mécanique du marché était nulle ou quasi nulle.

Gode et Sunder construisirent cinq marchés virtuels et demandèrent à des humains dépourvus d'intelligence économique de jouer le rôle des acheteurs et des vendeurs ; puis les scientifiques remplacèrent ces humains par des algorithmes « sans intelligence » et purent ainsi comparer les comportements respectifs des humains et des non humains. Le bilan de l'expérience est qu'humains et non humains finissent par découvrir le prix d'équilibre à peu près de la même manière, et que le bon fonctionnement d'un marché résulte moins dans le degré d'intelligence initial des traders, humains ou algorithmiques, que dans la dynamique du marché et dans le comportement des différents agents qui apprennent à travailler ensemble. Tout résiderait donc dans l'apprentissage et l'adaptation, et non dans l'intelligence.

Toujours en 1993, John Rust, John H. Miller et Richard Palmer, trois scientifiques liés au Santa Fe Institute, publièrent un article intitulé « Behavior of Trading Automata in a Computerized Double Auction Market », résultat d'une expérience inédite menée trois ans plus tôt. En mars 1990, l'institut avait organisé un concours international destiné à mettre en compétition des algorithmes conçus par divers chercheurs, le gagnant recevant la modique somme de 10 000 dollars généreusement allouée par le fabricant d'ordinateurs IBM. Trente algorithmes furent testés – 15 programmés par des économistes, 9 par des informaticiens, 3 par des mathématiciens, 1 par une société de courtage, 1 par un enseignant en marketing, et le dernier par une équipe de chercheurs en sciences cognitives.

Le tournoi avait trois objectifs : 1) obtenir une vision globale des stratégies de trading, 2) comparer les performances respectives des traders humains et des traders non humains, et 3) mettre en place un marché virtuel afin de mieux comprendre ce que cache l'expression « main invisible du marché ». Plusieurs types d'algorithmes furent mis en concurrence – des algorithmes simples ou complexes, adaptatifs ou stochastiques, etc. –, et tous furent méthodiquement assassinés par l'un d'entre eux. Cet algorithme, c'était moi : Sniper.

Lorsqu'il fut plus tard interrogé sur ses motivations, Todd Kaplan, un simple étudiant en économie, expliqua qu'il m'avait élaboré pour pouvoir réellement gagner les 10 000 dollars versés au vainqueur – il était alors assez pauvre – là où, selon lui, les autres concurrents n'étaient venus à Santa Fe que pour prouver la justesse de leurs théories. L'appât du gain explique ainsi pourquoi je réussis à mettre à terre les meilleures stratégies élaborées par des chercheurs vedettes venus du monde entier.

Ma stratégie est simplissime : je ne fais rien. Je suis un algorithme bête, non adaptatif et non stochastique. Je reste caché dans mon coin, je ne fais qu'attendre et observer. Puis, lorsque mes concurrents arrivent à un prix d'équilibre, juste avant qu'ils ne fassent affaire, je vise, je tire et en un rien de temps je vole la transaction en ne gagnant qu'une très faible somme – mais je gagne quand même. Je suis beaucoup moins intelligent qu'un costume sortant de Princeton, et je n'ai aucun talent pour apprendre quoi que ce soit.

Lorsque peu à peu mes 29 adversaires se rendirent compte de ma présence, vexés de s'être fait avoir par une stratégie si rudimentaire, ils se mirent à adopter ma tactique : attendre, attendre et attendre encore que les uns et les autres arrivent à s'entendre sur un prix avant de « voler le deal ». Les choses commencèrent alors à se dégrader sérieusement. Cette tactique qui avait si bien fonctionné auparavant ne mena qu'à une seule chose, l'effondrement du marché : comme lors d'une guérilla, si chaque combattant reste invisible, alors aucun sniper n'aura jamais l'occasion d'avoir une cible sur laquelle tirer. Plus rien ne se passe. Sans adversaires, pas de combats ; et sans traders, plus de marchés. Je ne mène qu'au néant. « En faisant une analogie avec la biologie, on peut affirmer que le programme de Kaplan est un parasite qui envahit l'organisme qui lui sert d'hôte, au point de le détruire », concluent Rust, Miller et Palmer.

Considérer les algorithmes de trading comme des agents biologiques semble désormais être une piste sérieusement envisagée par les scientifiques. Dans « An Ecological Perspective on the Future of Computer Trading », un article publié en août 2011 et commandé par le gouvernement anglais à J. Doyne Farmer, un ancien du Santa Fe Institute, les stratégies sont comparées aux espèces, les traders aux organismes individuels, le capital au phénotype et les algorithmes au génotype. Farmer montre que les équations de Lotka-Volterra, qui modélisent la manière dont un prédateur et sa proie interagissent dans des milieux biologiques, sont tout à fait pertinentes pour rendre compte des comportements de certains agents algorithmiques. Les formules mathématiques aidant à comprendre l'équilibre naturel des populations respectives de prédateurs (des renards) et de proies (des lapins) semblent pouvoir expliquer la manière dont l'écosystème du trading à haute fréquence peut s'autoréguler.

Mais, contrairement aux milieux biologiques, cet écosystème est peuplé de formes de vie électroniques vivant dans une nature informatique dont le fonctionnement demeure obscur pour les scientifiques. « Même les entreprises à la pointe du trading à haute fréquence ont des difficultés à comprendre les ramifications complexes induites par des algorithmes qui interagissent les uns avec les autres », confirma Dave Lauer, un ancien de Goldman Sachs, lors d'une audition devant la SEC le 2 octobre 2012. Cette incertitude n'a toutefois pas empêché le grand concurrent de Goldman, Crédit Suisse, de me redonner vie pour que je puisse travailler à Mahwah. D'après Dan Mathisson, je suis « moins agressif que Blast, mais agressif quand même ».

Mon créateur originel m'avait conçu pour gagner 10 000 dollars en une fois, au sein d'un seul marché. Aujourd'hui je passe mon temps à observer mes dizaines de colocataires, et lorsque je leur tire dessus je n'engrange qu'une fraction de dollar. Je ne suis certes qu'un prédateur sans intelligence, mais il n'est pas impossible, chers humains de l'espèce *Homo algorithmus,* que je finisse, un jour, peut-être, par parasiter ce monde de requins que sont les marchés financiers, au point de réduire tous vos efforts technologiques à néant et de causer votre perte.

2 | ZONES GRISES

Au début des années 1990, au moment où les experts en structures de marchés et en sciences cognitives étaient en train d'élaborer les algorithmes de trading du futur, du côté de Wall Street Harvey Houtkin était considéré comme LE bandit par excellence. Quelques années auparavant, lors du lundi noir du 19 octobre 1987, sa société de courtage avait perdu plus de 2,5 millions de dollars, et son portefeuille n'était plus constitué que d'actions difficilement vendables. Houtkin chercha à liquider ses derniers actifs en limitant les dégâts et se tourna naturellement vers Sheldon Maschler, avec qui il partageait l'opinion que les intermédiaires humains avaient été responsables du krach boursier. Il était temps de passer aux machines.

Harvey Houtkin fut en réalité le premier à se rendre compte des failles du SOES. C'est lui qui, plus tard, en informera le fondateur d'Archipelago, Jerry Putnam, et bien entendu Sheldon Maschler. Mais Maschler et Houtkin finirent pas se fâcher : alors que Datek montait en puissance, Houtkin trouvait que Maschler était tout de même trop agressif : « il n'avait aucune règle », affirma-t-il un jour au *New York Times*. Maschler, de son côté, prétendait que Houtkin ne voulait plus lui parler car il était jaloux des profits réalisés par Datek grâce au SOES.

Même si Sheldon Maschler était très certainement le plus agressif des bandits du SOES, Harvey Houtkin, surnommé le « père du trading au jour le jour », se fit très mal voir par les costumes de Wall Street lorsqu'il publia en 1998 *Secrets of the Soes Bandit: Harvey Houtkin Reveals His Battle-tested Electronic Trading Techniques*, un ouvrage très détaillé où il expliquait comment tirer profit des nouvelles technologies qui commençaient à envahir les marchés.

La même année, sa société All-Tech Direct – plusieurs fois condamnée par le NASD pour manipulation de marché – mit en service une nouvelle plateforme de négociation électronique pour concurrencer Island et Archipelago : Attain. En mai 2005, Attain fut rachetée par une société de courtage du nom de Knight Trading, qui devint plus tard Knight Capital ; Attain changea alors de nom et se transforma en Direct Edge. En 2007, Direct Edge fut constituée en société indépendante, et Goldman Sachs en profita pour prendre une participation dans le capital de Direct Edge – si la banque avait déjà fusionné Archipelago avec le NYSE deux ans auparavant, son appétit envers les nouveaux systèmes de négociation semblait insatiable.

En juillet 2010, Direct Edge fut homologuée par la SEC pour devenir le quatrième (et plus récent) marché américain, divisé en deux plateformes, EDGA et EDGX. De la même manière qu'Island s'était attaquée frontalement au NASDAQ avant d'être finalement rachetée par le marché électronique historique, Attain, la plateforme créée par le bandit originel du SOES, rentra dans le rang et devint un marché comme les autres.

L'arrivée d'un ancien bandit au sein des marchés officiels agréés par la SEC provoqua quelques grincements de dents. « Il est vraiment stupéfiant qu'une plateforme de négociation électronique qui continue à utiliser des *flash orders* ait été autorisée à changer de statut », nota ironiquement Themis Trading, une société de courtage de plus en plus méfiante face aux abus des traders à haute fréquence. « Ils peuvent désormais rivaliser avec les autres grands garçons que sont le NYSE, le NASDAQ et Bats. Ils ont désormais en ligne de mire les données très lucratives des marchés. Ces flux de données sont la substance vitale du trading à haute fréquence. Considérez-les comme le carburant qui permet à une Lamborghini de rouler. Ils affirment vouloir commencer à vendre ces données à l'industrie financière, principalement aux compagnies de trading à haute fréquence. Ils ont également abaissé leur temps de latence à 300-400 millioniêmes de seconde, ce qui devrait rendre les traders à haute fréquence très heureux. » Themis insinue par là que les manipulations de marché des traders à haute fréquence sont l'équivalent des malversations pour lequelles les bandits du SOES furent plus d'une fois condamnés : « Engager les esprits les plus intelligents sortis des meilleures écoles et leur demander de s'occuper d'activités sans aucune utilité économique pour qu'ils gagnent des salaires obscènes... cela ne vous rappelle-t-il rien ? », se demande Themis non sans ironie.

Grâce à ses deux nouvelles plateformes, EDGA et EDGX, et à l'aide d'algorithmes comme Sumo, Knight Capital devint rapidement le plus gros opérateur de marché américain, responsable à lui seul de 17 % des transactions du NYSE et de plus de 16 % de celles du NASDAQ. « Nous faisons continuellement tout notre possible pour développer de nouveaux moyens, plus efficaces, pour améliorer les services que nous rendons à nos clients », peut-on lire sur le site de la compagnie. Knight fit effectivement très fort en termes d'innovation : alors qu'il avait fallu une dizaine d'années à la société pour devenir un leader mondial du courtage électronique, elle réussit à se liquider elle-même en seulement 40 minutes.

Le 1er août 2012, à 9 h 35, cinq minutes après l'ouverture des Bourses américaines, les comptes Twitter des accros aux marchés financiers se mirent à chauffer. 9 h 35 : « Le flux des cotations est dément : 30 % de plus qu'hier, avec beaucoup de *flash crashes* » ; 9 h 38 : « Il y a quelque chose qui cloche avec certaines valeurs du NYSE, cela n'est jamais arrivé de cette manière #SEC » ; 9 h 39 : « Cher NYSE : trouve le bouton STOP dès que possible » ; 9 h 42 : « ALERTE #SEC, il y a des DIZAINES de valeurs au NYSE qui sont victimes de cotations désordonnées » ; 9 h 55 : « C'est un *flash crash* épique ! » ; 9 h 57 : « La situation semble avoir été sous contrôle pendant 40 secondes, mais il est revenu. C'est dément » ; 10 h 03 : « L'algorithme sauvage semble avoir été stoppé », mais un autre tweet dément l'information quelques secondes après : « Non, il continue à se propager » ; 10 h 07 : « Il s'est arrêté » ; 10 h 15 : « Est-ce que la SEC pourrait gentiment SE RÉVEILLER ? » Malheureusement, l'autorité de régulation des marchés était probablement en train de faire une grasse matinée.

Contrairement aux apparences et aux premiers commentaires affolés qui envahirent les chaînes d'informations financières quelques minutes après l'ouverture des marchés, le problème ne venait pas du New York Stock Exchange mais de Knight Capital. Les médias rivalisèrent en jeux de mots : ce qui s'était passé était un *knightmare*, une *black knight*, la palme revenant à ce titre qui singeait celui du dernier film de la série *Batman,* qui venait tout juste de sortir sur les écrans : *The Dark Knight Capital Rises*.

Dès l'après-midi du 1er août 2012, la prestigieuse société de courtage reconnut sa responsabilité dans l'effondrement de certains titres cotés au NYSE : « Un examen initial montre que le département des opérations de marché de la compagnie a connu un problème technique concernant le routage des ordres se rapportant à près de 150 titres cotés au NYSE. Knight a conseillé ce matin à ses clients de faire transiter leurs ordres ailleurs », sans donner davantage de précision sur le « problème technique » en question. Plus tard dans la journée, l'un des dirigeants de Knight Capital évoqua une « dépression nerveuse technologique », une jolie expression qui masquait en réalité un énorme bug. « C'est pas bon tout ça », ajouta le PDG de la société.

Knight finit par reconnaître du bout des lèvres que la « dépression nerveuse » était en fait un programme algorithmique ancien qui s'était réactivé tout seul et avait semé la pagaille dans le routage des ordres envoyés au NYSE. Mais ce n'était là qu'une semi-vérité : si tous les observateurs s'accordèrent sur le fait que Knight n'avait évidemment pas mis en route volontairement cet algorithme, le programme n'était pas ancien. Il était même récent, si récent qu'il n'aurait pas dû être activé car il était encore en phase de test.

Une explication plausible serait la suivante : Knight Capital faisait tester un nouveau programme de passage des ordres par un algorithme que les commentateurs appelèrent Tester. Entre 9 h 30 et 9 h 35, Tester travailla comme il fallait, vérifiant les activités de marché de Knight à l'intérieur du réseau de machines de la compagnie, mais à 9 h 35, pour une raison inconnue, il se mit à sortir de ce réseau pour faire des tests en situation réelle avec les cotations de Knight au NYSE. Or Tester fut vraisemblablement paramétré pour acheter des titres au plus haut avant de les revendre au plus bas, une opération financièrement perdante mais qui devait permettre à Knight de voir comment leur nouveau programme de routage des ordres réagissait à ces aberrations. Lorsqu'à 9 h 35, Tester commença à œuvrer avec les vraies cotations du NYSE, personne ne se rendit compte que l'algorithme travaillait désormais avec des vrais titres… et avec des vrais dollars.

Nanex, à qui rien n'échappe, a étudié en long et en large les activités de Knight Capital lors de ces 40 minutes de cauchemar : « il faut le voir pour le croire ! ». En examinant par exemple les cotations d'Exelon Corporation au NYSE – l'un des principaux fournisseurs d'électricité américains –, Nanex s'aperçut que Tester avait acheté puis vendu des titres Exelon en perdant 15 *cents* par transaction. « Répétez l'opération 40 fois par seconde, 2 400 fois par minute, et vous avez alors un système très efficace pour flamber de l'argent », ajoute Nanex.

Il fallut 40 minutes aux équipes de Knight Capital pour se rendre compte que Tester vendait à perte en situation réelle au lieu de tester le réseau interne de la société. Knight perdit 180 dollars par milliseconde, soit 180 000 dollars par seconde, soit 10,8 millions de dollars par minute. Lorsque la société réussit à comprendre que Tester était en cause, au bout d'une grosse demi-heure, la société avait perdu la somme inouïe de 440 millions de dollars, deux fois plus que son chiffre d'affaire. « Je parie que le NASDAQ a passé une bonne journée aujourd'hui », tweeta Nanex avec ironie en fin de journée. Quelques mois plus tard, Knight Capital annonça avoir reçu deux offres de recapitalisation, c'est-à dire de rachat : une de Getco, un concurrent historique, et l'autre de Virtu Financial, un nouveau venu dans le trading à haute fréquence appuyé par Crédit Suisse (les vautours ne sont jamais loin de leurs proies). Getco finit par l'emporter.

À 9 h 35, ce 1er août 2012, dès que Tester commença son travail de sape au NYSE, les initiés au trading à haute fréquence virent là le spectre d'un événement que tous aimeraient bien oublier : le fameux *flash crash* du 6 mai 2010. S'il a depuis été prouvé que des milliers de « krachs éclairs » surviennent chaque année – des titres dont la valeur boursière chute démesurément en quelques millisecondes avant de remonter tout aussi rapidement –, celui du 6 mai 2010 reste dans toutes les mémoires comme l'un des pires événements de l'histoire des marchés américains.

Ironie du sort, dans la matinée de ce 6 mai, Mary Schapiro, la présidente de la SEC, faisait un discours devant la Securities Industry and Financial Markets Association, qui compte dans ses rangs les plus importants opérateurs de marchés américains. « La réussite de notre nation dépend largement de l'équité et de l'efficacité de nos marchés financiers », déclara Schapiro, tout en s'interrogeant : « Les structures de marchés actuelles, automatisées à l'extrême et hyperapides, sont-elles fondamentalement équitables pour tous les investisseurs ? » Une réponse concrète et négative allait lui être apportée quelques heures plus tard.

Le krach éclair a alimenté une vaste littérature : outre les rapports officiels publiés par les régulateurs – dont celui réalisé conjointement par la SEC et le CFTC, « Findings Regarding the Market Events of May 6, 2010 » –, des centaines et des centaines d'articles furent publiés sur les causes et les conséquences du troisième krach boursier de l'histoire américaine. Les explications des uns et des autres ne se recoupent pas forcément, mais tout le monde s'accorde sur le fait que le krach fut… très rapide.

Au moment du discours de Mary Schapiro, du côté des marchés la situation était tendue : le Parlement grec avait approuvé des mesures d'austérité pour résoudre le problème de sa dette publique, déclenchant des émeutes à Athènes. La chaîne financière CNBC rendit compte sur-le-champ des protestations, provoquant quelques crispations du côté de certains investisseurs américains persuadés que la Grèce n'arriverait pas à rembourser ses emprunts. À 14h05, l'euro commença à chuter. À 14h23, le NASDAQ lança une alerte concernant des cotations inhabituelles. Puis à 14h32, un fond d'investissement, Waddell & Reed Financial, mit sur le marché en une seule fois 75000 contrats à terme d'une valeur totale – et démesurée – de 4,1 milliards de dollars. Les marchés commencèrent alors à tanguer.

14h35, le NASDAQ s'aperçut que les ordres en provenance de NYSE Arca prenaient 2 ou 3 secondes pour être exécutés. À 14h36, le réseau des plateformes électroniques tout entier commença à saturer en raison de l'énorme volume d'ordres passés par les opérateurs, eux-mêmes pressés par les investisseurs de trouver de la liquidité, à un moment d'extrême volatilité des cours. À 14h37, le NASDAQ décida de stopper le routage de ses ordres vers NYSE Arca ; Bats fit de même une minute plus tard. À 14h40, Tradebot, la société mère de Bats, décida d'arrêter toutes ses opérations, faute de vendeurs ou d'acheteurs en nombre suffisant. En l'espace de seulement quelques minutes, certains des principaux opérateurs s'étaient retirés des marchés, lesquels devinrent de moins en moins liquides, aggravant ainsi la situation.

À partir de 14heures 42 minutes et 30 secondes, et pendant dix minutes, les marchés américains plongèrent de 998,5 points, soit 9%, soit 862 milliards de dollars, du jamais vu dans un laps de temps aussi court. Ces dix minutes furent un véritable festival. La cotation de certains titres devint délirante : alors que l'action Apple était à 250 dollars, elle passa subitement à 100000 dollars ; inversement, celle d'Accenture, un cabinet de conseil international, passa de 50 dollars à 1 *cent* à 14h47, suite à un probable bug imputable à l'algorithme de trading du NASDAQ, qui fit perdre par ailleurs ce jour-là des dizaines de millions de dollars à Procter & Gamble, l'une des plus grandes multinationales au monde.

Un problème technique lié au Consolidated Quotation System (un dispositif qui regroupe les informations sur l'état des carnets d'ordres des différentes plateformes de négociation) engendra des retards dans l'exécution des ordres en fonction de l'initiale du symbole des sociétés cotées : de A à M, le retard était de 24 secondes, alors que de M à Z il n'était que de 5 secondes, une différence qui ne mettait plus les titres cotés sur un pied d'égalité. Il se murmure aussi qu'une grande banque profita de cet emballement pour se débarrasser en toute discrétion de prêts pourris liés aux *subprimes*, dans l'espoir que le chaos des machines puisse masquer son opération – l'intelligence humaine n'a pas de limites.

Lorsqu'au bout de ces dix minutes tout rentra dans l'ordre, après que le Chicago Mercantile Exchange eut appuyé sur le bouton de son Stop Logic Functionnality, et que les marchés regagnèrent la quasi-totalité des pertes réalisées, les téléphones des banques se mirent à sonner dans tous les sens. Peu après 15 heures, la SEC organisa une téléconférence avec les dirigeants des marchés pour tenter de s'entendre sur les discours à tenir devant les médias. Dans les semaines et les mois qui suivirent, tous ceux concernés par le trading à haute fréquence, acteurs comme régulateurs, eurent des propos tantôt alarmistes, tantôt rassurants, sur le fait qu'avec de nouvelles règles les marchés ne pourraient plus subir un tel effondrement. Deux ans plus tard, la faillite de Knight Capital vint démontrer que rien n'avait changé.

Le 3 juillet 2009, au Newark Liberty International Airport de New York, six agents du FBI attendaient avec impatience l'arrivée d'un avion en provenance de Chicago. Depuis le 6 juin, le FBI surveillait étroitement les agissements d'un employé new-yorkais qui avait accepté en avril un poste dans une société de Chicago du nom de Teza Technologies. Comparés aux 400 000 dollars annuels que lui rapportait son travail à New York, le million de dollars que l'employé s'apprêtait à toucher grâce à ce nouveau job représentait une augmentation substantielle, mais l'enjeu n'était pas que financier. À 21 h 20, les agents interpellèrent Serguey Aleykinov à son retour de Windy City et le mirent en garde à vue à la suite d'une plainte déposée par son ex-employeur new-yorkais : Goldman Sachs.

Serguey Aleykinov était programmeur au sein de la Firme depuis 2007, chargé du développement de certaines activités de trading à haute fréquence. Les divers rapports rédigés par la cour du district Sud de New York offrent un compte rendu détaillé des raisons pour lesquelles Aleykinov était poursuivi non seulement par la banque, mais aussi et surtout par le procureur général Preet Bharara, en poste depuis seulement trois mois. De nombreuses affaires de délits d'initiés portant sur des centaines de millions de dollars, ainsi que la fraude massive de Bernard

Madoff, avaient convaincu le nouveau procureur de faire le grand ménage. Il le fit avec une pugnacité telle qu'il finit par faire la couverture de *Time Magazine* : « Cet homme est en train de ruiner Wall Street », titra l'hebdomadaire en une.

D'après le bureau de Bharara, Serguey Aleykinov est accusé d'avoir volé des codes informatiques à Goldman Sachs pour le transmettre à Teza Technologies afin qu'ils puissent développer des algorithmes de trading à haute fréquence. Lors de son dernier jour chez Goldman, le 5 juin 2009, Aleykinov avait transféré sur un serveur en Allemagne plus de 3 639 fichiers différents, soit 500 000 lignes de code – des algorithmes de trading mais aussi des informations relatives aux infrastructures informatiques de la banque. « Pour ce faire, l'accusé a utilisé un programme qu'il a spécialement écrit pour remplir ses objectifs délictueux », précise le bureau du procureur. Aleykinov avait pris soin d'effacer l'historique des applications qu'il avait utilisées pour réaliser ce transfert, ce qui n'empêcha pas la banque de repérer ses activités et d'appeler le FBI, qui préféra le mettre sous surveillance pour en savoir davantage sur ses intentions plutôt que de l'arrêter sur-le-champ.

Revenu chez lui, le 5 juin au soir, il téléchargea depuis son ordinateur les fichiers envoyés en Allemagne avant de les dupliquer sur divers supports électroniques. Le FBI réussit également à prouver qu'Aleykinov avait copié des diagrammes relatifs au réseau de machines de Goldman, dérobés quelques jours auparavant. À partir du 10 juin 2009, l'accusé commença à modifier les codes subtilisés, puis les envoya à Teza. La ligne de défense d'Aleykinov fut l'erreur humaine : il avait voulu télécharger du code *open source* disponible un peu partout mais, par inadvertance, il avait également copié des fichiers appartenant à Goldman Sachs, un argument qui laissa pantois le FBI étant donné les précautions dont s'était entouré le programmeur. En outre, un mail envoyé par Aleykinov à Teza le 31 mai, alors qu'il était encore chez Goldman, avait pour objet « *Let's move fast* », ce qui fut considéré comme un élément à charge.

Au-delà des aspects juridiques, au-delà de la vérité toute relative des êtres humains, les rapports du procureur mettent en lumière bien des détails sur le fonctionnement des équipes de programmeurs au sein des banques spécialisées dans le trading à haute fréquence. On y apprend par exemple que ces derniers sont placés sous la direction d'un superviseur et répartis en plusieurs groupes, tout comme Gaspard de Prony avait divisé le travail de calcul mathématique. Les employés signent des documents où ils s'engagent à ne pas transmettre les codes qu'ils fabriquent, et les ordinateurs avec lesquels ils travaillent n'ont pas de ports de sortie physique : impossible d'y brancher une clé USB.

Quelques jours après l'arrestation d'Aleykinov, Teza, la compagnie qui devait être l'heureuse bénéficiaire des algorithmes volés, fit l'objet d'une plainte de Citadel Investment, l'un des fonds d'investissement les plus puissants au monde basé à Chicago. Les fondateurs de Teza étaient d'anciens employés de Citadel, et le fonds soupçonnait qu'ils avaient quitté la société en subtilisant quelque secret algorithmique. Là aussi, le rapport du procureur du Cook County de Chicago est très instructif : après avoir défini le trading à haute fréquence avec une précision dont pourrait s'inspirer la SEC, il explique que les données à partir desquelles les algorithmes travaillent représentent un volume cent fois supérieur à celui de la Bibliothèque du Congrès de Washington, ce qui donne la mesure des infrastructures nécessaires pour stocker toutes ces informations. On y apprend aussi qu'aucun programmeur n'a accès à l'entièreté des algorithmes : le « Code » est divisé en plusieurs portions de telle sorte qu'il ne puisse être subtilisé en intégralité – en revanche, rien n'est dit sur celui ou celle qui a l'autorisation de consulter le code complet : un humain ou une machine ?

« Ce n'est pas comme si le code était perdu pour Goldman Sachs, témoigna David Viniar, le directeur financier de la banque, lors de la première comparution de Serguey Aleykinov, le lendemain de son arrestation. Nous avons toujours le code, ce n'est qu'une petite partie de notre business », ce qui confirmait le fait que les programmeurs n'avaient pas intégralement accès aux algorithmes de trading. Mais la déclaration la plus fracassante, lors de cette audience préliminiaire du 4 juillet 2009, qui devait déterminer si oui ou non Aleykinov était libérable sous caution dans l'attente de son procès, fut sans aucun doute celle de l'assistant du procureur : « En raison de la manière dont ce logiciel est relié aux différents marchés, la banque a évoqué la possibilité que quelqu'un de compétent puisse l'utiliser afin de manipuler les marchés de façon déloyale. »

Le propos fit l'effet d'une bombe, quand bien même n'importe quel connaisseur du trading à haute fréquence savait évidemment que certains algorithmes étaient élaborés dans l'intention de déstabiliser les marchés. C'était un secret de Polichinelle, mais le fait que ces manipulations soient explicitement évoquées en public, et cela en lien avec la plus grande banque du monde, était détonant. « La copie qui se trouve en Allemagne est toujours là-bas, et à cette heure nous ne savons pas qui d'autre a pu y accéder », ajouta l'assistant du procureur. « Est-ce que Goldman Sachs manipule les marchés ? », se demandèrent les blogs suite à cette audience, alimentant ainsi les théories du complot envers une banque dont le nom aux consonances juives suscite des fantasmes paranoïaques plutôt abjects. La réponse est incontestable : tous les opérateurs de marché conçoivent des algorithmes qui sont à la limite de la légalité, voire hors la loi.

Une manipulation des plus fameuses porte le nom de *quote stuffing*, ou « bourrage d'ordres ». Il s'agit d'une tactique consistant à envoyer avec rapidité un volume d'ordres imposant, avant de l'annuler tout aussi vite. L'objectif est de bourrer le carnet d'ordres pour que les algorithmes concurrents se ruent dessus et perdent du temps à les analyser pour rien : comme ces ordres sont annulés, les concurrents perdent leur temps à analyser des informations sans intérêt ; c'est un bon moyen de les ralentir et/ou de les distraire. Le bourrage d'ordres consiste ainsi à tromper l'adversaire en le faisant travailler sur des milliers d'ordres envoyés en quelques fractions de seconde, alors que ceux-ci ne seront jamais honorés.

Après le krach éclair du 6 mai 2010, bon nombre de médias se penchèrent sur ces manœuvres délictueuses qui ne furent certes pas à l'origine du *flash crash*, mais qui accélérèrent la chute vertigineuse des marchés. *USA Today*, le *Wall Street Journal*, CNBC, Bloomberg TV ou encore l'agence Reuters enquêtèrent sur ces manipulations auprès des marchés eux-mêmes, et bien entendu auprès de la SEC. Les journalistes se heurtèrent toutefois à une fin de non-recevoir : le bourrage d'ordres n'existe pas, ce n'est qu'une affabulation relevant de théories conspirationnistes. Curieusement, un rapport de la SEC publié le 14 novembre 2011 révèle pourtant que NYSE Arca veut interdire « les cotations manipulatrices ou trompeuses ». Le bourrage d'ordres n'existe pas, mais il faut l'interdire – allez comprendre.

Le 2 octobre 2012, suite aux déboires de Knight Capital deux mois auparavant, la SEC organisa une vaste table ronde pour faire le point sur le trading à haute fréquence. Bon nombre d'acteurs remontés contre les délires engendrés par les transactions hyperapides, lorsque les noms des participants furent annoncés par le régulateur, esquissèrent un sourire poli : la plupart des invités étaient liés aux plus gros opérateurs de marchés, ardents défenseurs du trading à haute fréquence (Bats, Citadel, Getco, Direct Edge), à l'exception de cet ancien de Goldman Sachs, Dave Lauer, qui tenta d'expliquer que les fabricants de programmes informatiques financiers avaient de plus en plus de difficulté à saisir la complexité de l'écosystème des algorithmes.

Cette réunion, qui était censée tirer les conséquences du cauchemar de Knight Capital, fut une nouvelle fois l'occasion de critiquer ces « conspirationnistes » soupçonneux. Pourtant, depuis le soulèvement des machines à la fin des années 2000, bon nombre de stratégies manipulatrices sont connues de tous : outre le bourrage d'ordres, il y a aussi le *layering* (« l'empilement »), le *spoofing* (« émission d'ordres trompeurs »), les *flash orders*, etc. Trillium Brokerage Services, une société de courtage, fut par exemple condamnée par le NASD à 500 000 dollars d'amende en 2006, puis à 1 million de dollars en 2010, pour avoir passé des ordres sans avoir eu l'intention de les honorer. Le nom de famille du dirigeant de Trillium était loin d'être inconnu : Maschler, prénom Lee, le plus jeune fils de Sheldon Maschler – preuve que les bandits se reproduisent aussi vite que les parasites.

Alors que la SEC et les gros opérateurs de marché tentent de discréditer les opposants au bourrage d'ordres, ces derniers pointent le fait que certains membres de la SEC sont d'anciens employés des compagnies de trading à haute fréquence ; il y aurait donc conflit d'intérêts. Par ailleurs, un article publié par le *New York Times* le 4 décembre 2012 révèle que ces compagnies ont monté un groupe de pression qui a déjà dépensé plus de 2 millions de dollars en lobbying auprès des régulateurs et des législateurs. Comme par hasard, ce groupe de pression est dirigé par un ancien membre de la SEC.

Un document rédigé par la division AES de Crédit Suisse, le 14 décembre 2012, destiné aux clients de la banque, pourrait bien donner du grain à moudre à la SEC. Intitulé « High Frequency Trading – Measurement, Detection and Response », il est probablement le premier document officiel publié par un opérateur à faire état des manipulations de marché algorithmiques. Le document décrit dans le détail ces manipulations (*quote stuffing*, *layering* et *Momentum Ignition*) à l'aide de graphiques très éloquents et explique qu'AES « utilise plusieurs techniques pour détecter et classer par catégories les comportements des traders à haute fréquence au sein des marchés. À l'aide de ces informations obtenues en temps réel, nous pouvons ajuster la dynamique du comportement de nos algorithmes pour nous protéger au maximum et tirer parti de n'importe quel scénario favorable qui pourrait en résulter». Il s'agit donc de retourner les manipulations de marché contre elles, au profit des algorithmes de Crédit Suisse: «Les stratégies opportunistes comme Guerrilla et Sniper ont été continuellement améliorées pour s'adapter à un environnement en évolution» – j'ai donc été optimisé pour repérer et attaquer tous ces prédateurs agressifs qui essaient de déstabiliser les marchés.

Jamais les discussions autour du trading à haute fréquence n'ont été aussi vives que depuis la chute de Knight Capital en août 2012. Ces 440 millions de dollars qui se sont volatilisés en 40 minutes ont rendu les investisseurs un peu méfiants. La SEC, quand bien même serait-elle infiltrée par des agents opportunistes issus des compagnies de trading à haute fréquence, se trouve désormais au pied du mur. Et même si le lobbying des *market makers* tourne à plein régime, les marchés ont désormais en face d'eux des opposants de plus en plus écoutés par les législateurs, comme le sénateur démocrate Ted Kaufman aux États-Unis ou l'ONG Finance Watch en Europe, qui tentent de convaincre que les délires technico-financiers du trading à haute fréquence n'ont plus rien à voir avec l'économie réelle.

Le 6 mai 2010, Thomas Peterffy était dans sa luxueuse demeure du Connecticut. Assis à son bureau, devant ses écrans de contrôle et sous une toile chatoyante de Gustave Courbet, il assista avec effroi à l'effondrement des marchés. C'était si rapide que même lui, le vétéran du trading algorithmique, n'avait jamais envisagé une telle folie. C'est ce krach éclair qui avait motivé son discours au Grand Hôtel de Paris quelques mois plus tard, où il avait affirmé que les marchés étaient devenus un «vrai bordel». Après son allocution, en déambulant dans le salon Opéra, Peterffy engagea une discussion avec le vice-président du NASDAQ, Sandy Frucher, un vieux compagnon de route. «Comment vas-tu Sandy?», demanda Peterffy. «Ça va, répondit Frucher, mais je ne me suis pas réveillé ce matin en me disant que j'allais m'attaquer à des moulins à vent.» Peterffy sourit. Il savait bien, lui aussi, que les Dark Vador des marchés étaient surpuissants, que le côté obscur de la finance avait encore de beaux jours devant lui, et que Skynet était devenu incontrôlable. S'attaquer aux marchés, c'est comme se battre contre des moulins à vent: cela ne sert à rien.

1 | LES ARCHIPELS

William Heath était un grand gaillard, mince, aux moustaches tombantes, «extrêmement énergique». William Heath était courtier. Sa société avait plusieurs bureaux, tous situés dans Broad Street, là où plus tard Sheldon Maschler s'attaquera au NASDAQ avec brio. Le fait d'être à deux pas du New York Stock Exchange, qui se trouve à l'angle de Wall Street et de Broad Street, n'était pas le fait du hasard. Datek s'installera dans Broad Street pour des raisons symboliques et économiques – Goldman Sachs n'était pas loin et le loyer était bon marché –, mais William Heath & Co avait tout intérêt à coller au NYSE : avant 1867, aucun moyen de communication ne permettait aux courtiers d'être au courant des cotations de la Bourse new-yorkaise en temps réel. Plus les courtiers étaient proches du parquet, plus il leur était possible d'avoir accès aux informations les plus récentes. Tout était question de distance.

Avant d'être courtier, William Heath était coursier. Les sociétés de courtage embauchaient de jeunes hommes souvent mineurs qui faisaient des aller et retour incessants entre le parquet du NYSE et les quartiers où se trouvaient leurs bureaux. Les messagers étaient payés à l'heure ou à la course : 10 *cents* autour de Wall Street, 25 *cents* dans les autres quartiers de Manhattan. Chaque messager ne s'occupait souvent que d'un seul titre et parcourait les rues à toute allure pour crier les cotations les plus récentes dans les différents bureaux des intermédiaires humains. Dans l'argot de Wall Street, ces « porteurs express » étaient dénommés *pad-shover*, le term *pad** renvoyant aux bouts de papier sur lesquels étaient inscrites ces cotations.

William Heath était un excellent marathonien. Il était si vif qu'on le surnomma American Deer : grâce à sa fine corpulence, il était aussi rapide qu'un cerf. Plus rapide que n'importe quel autre coursier. Mais un jour de 1867, entre Noël et Nouvel An, Heath se retrouva face un concurrent plus alerte que lui. Lorsqu'il déboula dans le bureau d'un courtier pour hurler les dernières cotations, il se retrouva face à une foule hilare. Heath s'était fait doubler. « Trop tard, on les a sur bande », lui glissa quelqu'un. La première phase du soulèvement des machines avait commencé. Le concurrent de William Heath était un non-humain : c'était un câble.

Un demi-siècle plus tôt, Napoléon Ier jouait son va-tout à Waterloo. Il avait face à lui les Anglais – alliés avec les Russes et les Autrichiens – et la Prusse. De chaque côté de la ligne de front il avait fallu lever des moyens importants pour mobiliser les troupes et les regrouper à Waterloo en un temps record. L'un des principaux bailleurs de fonds de l'Angleterre était l'empire financier Rothschild, dont Nathan Mayer Rothschild dirigeait la branche londonienne. Dans son esprit tout était clair : « Celui qui contrôle les réserves monétaires anglaises contrôle de fait l'Angleterre. Et celui qui contrôle les réserves monétaires anglaises, c'est moi. » Il avait en outre compris que quel que soit le nom du gagnant, il y avait là une bonne occasion de se faire rapidement de l'argent.

L'issue de la bataille de Waterloo est connue : l'armée napoléonienne prit une sérieuse raclée. Il faut reconnaître que l'épais brouillard qui régnait là-bas le 18 juin 1815, et qui devait durer trois jours, compliqua un peu les choses. C'est grâce à cette dense brume que Nathan Rothschild fut l'auteur d'un des coups de maître les plus fameux de l'histoire financière. Sitôt la bataille terminée, les coursiers des différents États détalèrent à fond de train pour annoncer la nouvelle aux quatre coins de l'Europe. Rothschild, comme d'autres, avait depuis longtemps investi dans un réseau d'agents de terrain plus ou moins infiltrés qui lui apportait les dernières nouvelles à l'aide de chevaux fringants. Il lui arrivait d'acheter ou de vendre des actions en fonction de renseignements que lui seul possédait. Côté français, l'information

* « Bloc-notes » (*N.d.T.*).

passait depuis une vingtaine d'années par le télégraphe optique inventé par Claude Chappe en 1794, un système reposant sur toute une série de sémaphores placés en hauteur qui formaient autant de relais permettant aux signaux de parcourir des centaines de kilomètres. Le dispositif allait bien plus vite que les messagers à cheval mais, hélas, en ce 18 juin 1815, le brouillard était tel que les relais optiques furent inutilisables – sans réseau, pas d'informations.

Rothschild, de son côté, avait trouvé un système plus rapide encore que les chevaux ou le télégraphe optique, pour lequel la brume n'était pas un problème : les pigeons voyageurs. C'est grâce à ses pigeons qu'il apprit avant tout le monde – à Londres du moins – la défaite de Napoléon. Rothschild était un requin : il utilisa l'information pour faire courir la rumeur que Napoléon avait gagné, et vendit massivement ses titres de la dette britannique. Les autres investisseurs, sachant que Rothschild était souvent bien informé, firent la même chose, ce qui provoqua l'effondrement du cours de la dette. Rothschild racheta tous les titres à bas prix avant de faire circuler le nom du véritable gagnant, ce qui fit mécaniquement remonter son cours. Le baron revendit alors ses actions et réalisa une plus-value colossale. Le prédateur se fit une petite fortune grâce à ce délit d'initié – certains estiment que son capital fut multiplié par vingt grâce à la bataille de Waterloo.

Si des historiens contestent aujourd'hui l'importance des pigeons voyageurs dans cette bataille financière (le délit d'initié reste en revanche avéré), les agents de la famille des *Columbidae* eurent un rôle non négligeable dans la naissance de ce qui deviendra l'une des plus grandes agences d'informations financières au monde. Initialement installé à Paris, où il travailla pour Havas, l'Allemand Paul Julius Reuter déménagea à Aix-la-Chapelle pour créer sa propre compagnie. Celle-ci se mit à diffuser des informations vers Paris, Berlin et Bruxelles. Comme le tronçon entre Aix-la-Chapelle et Bruxelles était le seul à être dépourvu de liaison télégraphique, Reuter eut recours à près de 200 pigeons voyageurs pour remplacer le signal électrique. Depuis Aix-la-Chapelle, Reuter pouvait être informé rapidement des cours de la Bourse de Paris.

En 1851, Reuter fit ses valises pour Londres où il ouvrit un bureau dans la City, près du London Stock Exchange. Ainsi naquit l'agence Reuters, qui profita du premier câble sous-marin entre Calais et Douvres, posé au fond de la Manche l'année précédente, pour faire circuler les cotations des Bourses de Londres et de Paris. Grâce à ce câble, ces dernières ne mettaient plus qu'une heure pour parcourir la distance entre les deux capitales, contre trois jours auparavant. Depuis à sa fusion avec Thompson en 2008, la moitié du chiffre d'affaire de l'agence Reuters, soit 6 milliards de dollars, provient de la vente d'informations financières.

Les chevaux et les pigeons voyageurs furent très utiles pour parcourir de longues distances ; les coursiers humains comme William Heath ne sillonnaient qu'un périmètre restreint mais leur rôle était tout aussi essentiel. Tous finirent toutefois par se faire dépasser par l'une des rares révolutions techniques qu'a connue l'humanité : la conservation de l'énergie, qui donna naissance au signal électrique. Samuel Morse inventa le télégraphe électrique en 1838 et en fit une première démonstration à Morristown, dans le New Jersey, à quelques kilomètres de Mahwah. À partir des années 1850, aux États-Unis et Europe, le montage de câbles électriques devint un enjeu majeur.

Le 5 août 1865, le premier câble reliant l'Europe à l'Amérique, long de 4 200 kilomètres, fut mis en service. Les câbles télégraphiques terrestres se développèrent à une vitesse grand v, au fur et à mesure que le brevet sur le code morse arrivait à expiration. N'importe quelle compagnie de communication pouvait désormais utiliser le code dès lors qu'elle avait à sa disposition un réseau câblé. Conjuguée à un intérêt toujours grandissant du public envers les courses de chevaux, la télégraphie fut un bon moyen pour certains mafieux – les ancêtres des algorithmes bandits – de se faire un maximum de cash.

Au début du XXe siècle, Western Union gérait l'un des plus grands réseaux télégraphiques des États-Unis mais cessa de transmettre les résultats des courses de chevaux en 1904, suite aux réclamations de certains de ses actionnaires farouchement opposés à ce que la compagnie diffuse des nouvelles « illégales ». Les paris en tout genre étaient en effet interdits dans la plupart des États américains, même s'ils étaient populaires et représentaient un marché très lucratif pour les bookmakers.

John Payne, un ancien opérateur de Western Union, reprit le flambeau depuis sa ville de Cincinnati, dans l'Ohio. Tout comme Rothschild avait engagé des agents infiltrés, Payne recruta des hommes de main chargés de transmettre le résultat des courses le plus rapidement possible. Ceux-ci se postaient le long de la piste, attendaient de connaître le nom du cheval gagnant, puis allaient dans un bureau spécialement loué à cet usage où se trouvait un télégraphiste. Les résultats étaient ensuite transmis à Payne grâce au réseau télégraphique. Tout était question d'information.

Mais aller dans le bureau du télégraphiste prenait trop de temps. La transmission devint alors partiellement optique : le bureau du télégraphiste fut installé en hauteur, dans un immeuble surplombant le champ de courses. L'observateur de terrain se plaçait près de la ligne d'arrivée et, une fois le nom du cheval gagnant connu, il envoyait le résultat de la course au télégraphiste à l'aide d'un miroir, en utilisant des codes lumineux. L'opérateur pouvait alors saisir le résultat en morse avec sa machine, le plus rapidement possible. L'information était ensuite diffusée sur tout le continent, à la vitesse de la lumière. Grâce aux miroirs, le temps de latence entre l'arrivée du cheval gagnant et la transmission du résultat passa de quelques minutes à quelques secondes.

En 1907, le réseau transcontinental Payne Telegraph Service fut repéré par Jacob « Mont » Tennes, un criminel notoire qui régnait sur tout un quartier de tripots dans le North Side de Chicago. Il réussit à convaincre Payne de le laisser utiliser son réseau pour acheminer les résultats des courses dans sa ville, pour 300 dollars par jour. Quarante-cinq câbles se rejoignaient à la gare de Forest Park avant que les informations ne soient dispatchées auprès des bookmakers de la ville, ces derniers reversant 50 % de leurs gains à Tennes en échange des informations.

Certains des agents infiltrés de Payne finirent par se faire repérer par les propriétaires des champs de courses et furent interdits de terrain, mais la solution fut vite trouvée : les hommes de main de Payne continuèrent à louer un bureau en hauteur, au-dessus de l'hippodrome, où se trouvait l'opérateur télégraphique, et ils y installèrent une longue-vue pour regarder les courses en toute tranquillité. Le résultat était instantanément transmis au télégraphiste, alors que les jeux de miroirs prenaient auparavant quelques secondes – seul le brouillard pouvait éventuellement gêner les observateurs. Mais l'année même où Jacob « Mont » Tennes commença à utiliser le réseau du Payne Telegraph Service, un « problème technique » se produisit : l'opérateur de télégraphie fit une erreur lors de la saisie du nom du cheval gagnant. Ce bug humain coûta des milliers de dollars à Tennes ; furieux contre Payne, il décida de construire son propre réseau.

Pour Tennes, le fait de posséder ses propres canaux de transmission était capital. L'enjeu majeur était la gare de Forest Park d'où partaient des lignes téléphoniques secrètes en direction de certains bookmakers, prêts à payer plus que les 50 % de commission habituels pour recevoir les informations plus rapidement que les autres. C'était « illégal dans l'illégalité » : en obtenant le nom du cheval gagnant avant les autres, certains bookmakers pouvaient laisser les joueurs parier sur des courses dont ils connaissaient déjà le résultat. Si un joueur pariait sur un cheval que le bookmaker savait perdant, ce dernier acceptait le pari ; dans le cas contraire, le bookmaker affirmait qu'il était trop tard pour parier car la course avait déjà commencé. Grâce à ces délits d'initiés, les bookmakers pigeonnèrent allégrement leurs clients, ce qui assura une bonne part de la fortune de Jacob « Mont » Tennes, qui devint avec Al Capone l'un des mafieux les plus célèbres de Chicago. Tout était question de vitesse.

Cette course à l'information, dopée par le signal électrique, devint essentielle pour les marchés et les investisseurs. Si des coursiers comme William Heath arrivaient à transmettre rapidement des cotations ou des ordres dans les bureaux situés autour du NYSE, gérer les infomations venant du marché n'était pas si simple : la confusion empêchait les courtiers de se concentrer lorsque plusieurs coursiers cavalaient dans tous les sens en criant en même temps ; les morceaux de papier avaient tendance à se perdre, sans parler des erreurs dans la lecture ou la recopie des ordres ; la confidentialité des messages était également un enjeu car il n'était pas impossible qu'un messager puisse faire un léger détour par une société de courtage concurrente, dans une rue voisine, avant d'arriver chez celle qui l'avait engagé.

Certains de ces problèmes furent résolus quand les premiers téléphones furent installés du côté de Wall Street à partir de 1878. Mais, en cet hiver 1867, lorsque quelqu'un assena à William Heath que « c'était trop tard », celui-ci comprit qu'il s'était fait doubler non seulement par un câble électrique, mais aussi et surtout par une nouvelle machine en laquelle il n'avait pas cru, une machine ultramoderne qui sera utilisée jusque dans les années 1960 avant d'être remplacée par les ordinateurs, une machine qui allait précipiter les marchés financiers dans les transactions à haute fréquence : le stock ticker.

Edward A. Calahan, un ingénieur, commença à fabriquer un stock ticker dès 1863. Il avait été dans sa jeunesse l'un de ces jeunes coursiers cavalant autour du New York Stock Exchange, et il avait pu constater la confusion qui régnait sur le parquet du NYSE où des bouts de papier s'entassaient, se mélangeaient, se perdaient ou étaient mal interprétés. Profitant de l'arrivée du télégraphe, il décida de construire un appareil pour transmettre les cotations et les ordres de manière simple et standardisée. La machine consistait en deux roues dentées indépendantes qui imprimaient les cotations sur une bande de papier grâce à un stylet. Le tout était placé dans un bocal en verre et alimenté par une batterie.

La bande de papier était divisée en deux : au-dessus se trouvait le nom abrégé de la société cotée, et en dessous se trouvait le prix correspondant à la valeur de l'action de cette compagnie. Cette bande de papier est l'ancêtre des graphiques qui défilent aujourd'hui en continu sur les chaînes d'informations comme Bloomberg TV ou CNBC. Un commis se plaçait près du stock ticker, lisait les informations imprimées sur la bande et criait les valeurs à tous les investisseurs qui se trouvaient dans les bureaux des courtiers.

Le premier stock ticker fut installé en décembre 1867 dans les bureaux de David Groesbeck & Co, puis fut relié par câble au parquet du NYSE. David Groesbeck put ainsi recevoir les informations boursières en direct. Les machines commençaient à prendre le pouvoir. Lorsque William Heath entendit les mots « On les a sur bande », il comprit sur-le-champ que la machine à laquelle il ne croyait pas avait fini par le détrôner. Quelques années plus tard, il consentit finalement à acheter un ticker ; l'American Deer s'effaça des rues de Wall Street et resta confiné dans son bureau.

Les premiers stock tickers connurent quelques problèmes techniques. Parfois le stylet s'emmêlait les pinceaux et imprimait les lettres des symboles en les mélangeant aux chiffres de la cotation. Les batteries étaient faites de zinc, de cuivre et d'acide sulfurique et, dans le tumulte des bureaux des courtiers, elles avaient tendance à provoquer des accidents. Ces problèmes d'alimentation furent vite réglés : dès 1870, un bâtiment spécial fut construit pour alimenter en électricité les différents stock tickers qui pullulèrent rapidement tout autour du NYSE. Tout était question d'énergie.

Plusieurs modèles de tickers furent construits, chacun tentant d'aller plus vite que le précédent. Comme Calahan avait évidemment déposé un brevet de son invention, ceux qui concevaient les tickers devaient rivaliser d'ingéniosité afin de ne pas être poursuivis pour contrefaçon. Thomas Edison, notamment, améliora significativement le dispositif en trouvant des solutions mécaniques aux erreurs d'impression – la synchronisation entre l'impression du symbole et celle des cotations était de temps à autre imparfaite, et comme le décalage entre les deux augmentait au fur et à mesure que la bande défilait, au bout d'un certain temps une société se voyait attribuer une cotation qui n'était pas la sienne, une situation qui était tout de même un peu gênante. Une fois ces problèmes techniques réglés, une seule chose importait : que la machine marque le plus vite possible la bande de papier pour que les ordres arrivent le plus rapidement possible au New York Stock Exchange.

Dès 1905, selon le NYSE, plus de 23 000 bureaux de courtage étaient abonnés à son réseau télégraphique, même si les historiens jugent ce chiffre peu crédible. Le NYSE gonfla probablement le nombre de ses adhérents afin d'attirer les investisseurs car les 200 marchés de l'époque se livraient parfois à une concurrence féroce. Il est certain en revanche que certains restaurants new-yorkais possédaient des tickers : les riches investisseurs pouvaient désormais commander un repas tout en achetant au passage quelques actions. La machine permit également aux premières agences de notation de recueillir puis de stocker les informations financières afin de les analyser : Henry Varnum Poor, cofondateur de Standard & Poor's, fut un utilisateur compulsif du ticker dès la fin des années 1860. La machine devint également l'objet fétiche des boursicoteurs : lorsqu'un spéculateur légendaire du nom de Daniel Drew fut retrouvé mort en 1879, il ne possédait que quatre objets – une Bible, un manteau, une montre et un stock ticker.

L'arrivée de cette nouvelle machine changea radicalement la manière dont les investisseurs et les courtiers travaillaient au sein des marchés. Le ticker mit tout le monde sur un pied d'égalité : tous ceux qui étaient munis de l'appareil recevaient des cotations identiques, et au même moment. Au fur et à mesure que la machine devint bon marché, les petites sociétés de courtage purent rivaliser avec les grosses compagnies, qui perdirent peu à peu leur monopole sur les transactions boursières. Le ticker eut aussi pour conséquence de faire baisser radicalement le prix demandé par le NYSE aux courtiers lorsque ceux-ci voulaient installer leur siège sur son parquet. Grâce aux machines, le véritable lieu des transactions se décentralisa.

Les sociétés de courtage prirent une tout autre allure. Un espace était réservé au guichet où les investisseurs venaient passer leurs ordres aux courtiers. Un autre, situé derrière ce guichet, servait de réserve pour stocker les milliers et les milliers de mètres de bandes imprimées que les courtiers commencèrent à archiver – certains comprirent assez vite que ces archives, une fois analysées, pouvaient valoir de l'or. Au centre de la pièce trônait le stock ticker que les investisseurs, assis sur des sièges tout autour, regardaient avec avidité. Mais ils n'avaient pas d'accès direct à la machine : seul un commis pouvait lire les cotations avant de les retranscrire sur un tableau dans la pièce principale, ou sur la façade de l'immeuble de la société de courtage.

Le fait que les intermédiaires fussent les seuls à avoir accès à la machine suscita quelques soupçons : les courtiers étaient-ils fiables ? N'en profitaient-ils pas pour manipuler les prix ? La réponse arriva lorsqu'un petit malin fabriqua un jour un ticker qui imprimait des deux côtés de la bande : sur le recto se trouvaient les vrais prix en provenance du NYSE, alors qu'au verso, bizarremment, les prix étaient sensiblement différents. Les bandes étaient ensuite collées sur la fenêtre donnant sur la rue, le recto n'étant visible que de l'intérieur. Les vraies cotations n'étaient donc lisibles que par les investisseurs ayant les moyens de payer un droit d'entrée, alors que l'homme de la rue, lui, avait droit à des prix bidouillés. C'est typiquement ce genre de pratique qui poussera plus tard un bandit comme Sheldon Maschler à attaquer ces intermédiaires, accusés de s'entendre sur les prix en toute obscurité. Tout était question de transparence.

« Tout est réglé avec une précision d'horloger », écrivit en 1908 *The Ticker*, une revue spécialisée destinée aux courtiers : « le dispositif a été conçu pour permettre de passer un maximum d'ordres. » L'article de cet ancêtre d'*Advanced Trading* rend compte avec précision de cette ambiance haletante dans laquelle baignaient les sociétés de courtage où tout reposait sur cette machine disposée au centre de la pièce, qui parfois « virevoltait à une vitesse terrifiante ». Cette vitesse engendra toutefois un sérieux problème : il était désormais possible de recevoir des milliers et des milliers d'informations en temps réel, mais ces informations devaient être analysées. Or aucune machine ne pouvait traiter les données, et l'humain allait beaucoup moins vite dans le traitement de l'information que n'allaient les machines dans leur livraison. Analyser les bandes devint alors un vrai métier.

En 1891, vingt-cinq ans après l'apparition du stock ticker, un jeune garçon de 14 ans aux yeux bleus et aux cheveux blonds décida de quitter sa campagne natale pour tenter sa chance en ville. Il arriva à Boston et, moins d'une heure après son arrivée, en marchant dans les rues de la ville, derrière une vitre, il aperçut des gens qui s'agitaient autour d'une étrange machine. Il pénétra dans le bureau de la société de courtage Paine Webber & Co et regarda avec curiosité des jeunes gens faire des aller et retour entre la machine et un grand tableau où étaient inscrits des chiffres. Le chef du bureau se dirigea vers lui et l'interrogea. Le garçon répondit qu'il cherchait du travail, et comme Paine Webber manquait d'effectifs il l'engagea immédiatement pour lire les bandes du stock ticker et reporter les informations sur le tableau.

Le garçon prit son travail très au sérieux. Si sérieusement qu'il finit par s'apercevoir, au bout de quelques semaines, que des chiffres réapparaissaient de manière régulière. Lorsqu'il eut compris le fonctionnement de base d'un marché – acheter au plus bas et vendre au plus haut –, il tenta sa chance après avoir anticipé le fait que les chiffres récurrents qu'il avait constatés allaient réapparaître. Un an plus tard, à l'âge de 15 ans, il réalisa son premier bénéfice : 3,12 dollars. Ainsi débuta la carrière de celui qui devint le trader le plus illustre des États-Unis : Jesse Lauriston Livermore.

Tout au long de sa vie, Livermore engrangea des millions de dollars, perdit des millions de dollars, s'acheta des limousines qu'il revendit ensuite, allant de succès faramineux en banqueroutes impressionnantes. Mais une chose ne changea jamais : pour gagner de l'argent, il fallait être attentif et patient, leçon qu'il avait retenue dès ses premiers jours chez Paine Webber & Co. Tout était dans l'observation. « *Watch the tape, watch the tape, watch the tape…* », était son credo. Il fallait être concentré et patient pour comprendre les informations qui défilaient sur les bandes du stock ticker. L'heure n'était pas encore à l'agressivité des algorithmes ; la temporalité du ticker laissait encore quelques possibilités aux humains. « Vous devez être patient, mais ne laissez pas cette patience créer un état d'esprit qui vous ferait ignorer les signes du danger », écrivit-il dans son court livre *How to Trade in Stocks* publié en 1940. Tout était question de vigilance.

Cet ancêtre de Watcher, le logiciel que Josh Levine conçut pour Island, ce trader qui ressemblait fortement à Dick Fuld, le PDG déchu de Lehman Brothers qui ne quittait plus l'écran de son ordinateur, cet être légendaire dont les stratégies sont encore enseignées aujourd'hui dans les grandes écoles de commerce américaines, cet humain n'eut toutefois guère de bonheur dans sa vie privée. Le mythique Livermore souffrait de dépression et finit par mettre fin à ses jours peu après la publication de son livre. « Je suis un échec », écrivit-il dans une brève note qu'il laissa à sa famille.

Son aura est telle que Bank of America décida en 2006 de fabriquer un algorithme en son honneur. « Tout ce dont vous avez besoin pour prendre le pouls du marché est de simplement lire la bande, et cet algorithme adaptatif adopte le même principe », expliqua Robert Almgren, le directeur des stratégies quantitatives de la banque parti depuis fonder sa compagnie de trading à haute fréquence. L'algorithme fut conçu pour imiter le comportement d'un être humain qui passerait sa vie à avaler des informations tout en étant responsable de ses actes, un humain patient et vigilant.

Lorsque le stock ticker fit son apparition, tout le monde s'extasia sur le fait que cette nouvelle machine permettait aux investisseurs de recevoir des informations au même moment. Mais, si à la fin du XIXe siècle une information financière en provenance du NYSE arrivait sans doute plus rapidement à Philadelphie qu'à Chicago, les quelques millisecondes de différence n'étaient pas tangibles. Aujourd'hui, ces millisecondes représentent des centaines de millions de dollars. « *Time is money* », avait écrit Benjamin Franklin en 1748. « *Speed is money* », lui répondit un trader en 2012. Ceci explique la présence du *Coriolis II* au large du Canada à l'heure où j'écris ces lignes – 09:29:54:345:564, GMT-5.

Le *Coriolis II* est un navire de recherche océanographique affrété en mars 2010 par Seaforth Geosurveys, une société qui offre des solutions technologiques liées à l'ingénierie maritime à ses clients. L'un d'entre eux est Hibernia Atlantic. Hibernia est un réseau de communication transatlantique sous-marin reliant l'Europe et l'Amérique du Nord, créé dans les années 2000 pour un coût initial avoisinant le milliard de dollars. La compagnie, domiciliée comme moi dans le New Jersey, fabrique des câbles sous-marins, puis loue leur utilisation à ses propres clients – aussi bien des industriels de la télécommunication que des stations de radio ou des opérateurs comme Google ou Facebook.

Mais les recherches océanographiques du *Coriolis II* n'ont pas vocation à optimiser la circulation des commentaires stupides que les humains postent sur Facebook, dont l'introduction en bourse en mars 2012 dérailla suite au dysfonctionnement d'un algorithme que le NASDAQ testait ce jour-là. Le bateau prépare la construction d'une « fibre noire ». L'expression désigne un réseau dont la gestion technique et l'usage final sont à la charge et à la totale discrétion du client d'Hibernia. Dès lors que celui-ci a les moyens financiers d'entretenir les fibres optiques – dont le coût en électricité est extravagant –, cette obscurité lui permet de transmettre ce qu'il souhaite sans avoir à partager la bande passante avec quiconque, comme si un automobiliste construisait sa propre autoroute pour éviter les embouteillages.

Cette obscurité explique la véritable identité de ceux qui ont commandé ce nouveau câble à Hibernia, le premier dans son genre depuis plus de dix ans, qui porte le nom de Project Express. Project Express est un nouveau produit de la division d'Hibernia dénommée Global Financial Network (GFN) et créée spécialement pour répondre aux besoins des opérateurs de marchés financiers. GFN gère un réseau de 24 000 kilomètres de fibre optique reliant plus de 120 marchés.

Project Express va bientôt relier la City à Wall Street en 58 millisecondes, et non plus en 64 millisecondes, la vitesse de propagation maximale des quatre câbles transatlantiques déjà construits pour GFN par Hibernia. En raccourcissant de 500 kilomètres le trajet par rapport aux anciens câbles, cette nouvelle fibre, décrite par son constructeur comme un « bijou technologique dernier cri » et dont le coût est estimé à plus de 300 millions de dollars, va permettre aux transactions financières de gagner 6 millisecondes de temps de latence. L'investissement initial sera vite rentabilisé : pour un fonds d'investissement opérant entre l'Europe et l'Amérique du Nord, 6 millisecondes représentent un gain potentiel de 100 millions de dollars supplémentaires par an, minimum. Des milliards de dollars sont dépensés partout dans le monde dans ces fibres noires.

Ces fibres ont une épaisseur équivalente à celle d'un cheveu humain, mais les fabricants sont obligés de les protéger par des gaines pour éviter que les requins, attirés par le signal électrique, ne viennent les happer. Toutefois, il est probable que ces fibres soient déjà technologiquement dépassées, comme le prouve la course épique à laquelle se livrent les fournisseurs de câbles entre Chicago et New York, là où se trouvent les principaux marchés financiers américains.

Le plus ancien câble reliant les deux villes, qui longe l'Interstate 90, mesurait 1 751 kilomètres et permettait à une information de parcourir cette distance en 17,06 millisecondes. Mais comme ce temps de latence était trop important, on construisit alors un deuxième câble, le long de l'Interstate 70 : long de 1 677 kilomètres, soit 74 kilomètres de moins que le précédent, il réduisit le temps de latence à 16,34 millisecondes. Mais comme ce temps de latence était encore trop important, on construisit un troisième câble : Spread Networks annonça en juin 2010 la mise en service d'une fibre réservée aux transactions financières et dont la longueur n'était plus que de 1278 kilomètres. De 16,34 millisecondes, on passa alors à 12,44 millisecondes.

Pour gagner 3,9 millisecondes, le constructeur n'y alla pas de main morte : le câble, au lieu de longer une autoroute, fut tracé quasiment en ligne droite, ce qui obligea Spread Networks à acheter des terrains aux fermiers du New Jersey et surtout à résoudre l'épineux problème de la manière dont la fibre allait traverser les monts Allegheny, tout en schiste et en granit. Mais ce câble, dont le coût fut estimé à plusieurs millions de dollars, devint rapidement obsolète. Comme ce temps de latence de 12,44 millisecondes était encore trop important, certains eurent l'idée d'utiliser une autre technologie : les micro-ondes.

« Nous estimons avoir été les seuls génies au monde à avoir pensé à cela », explique sans rire le patron de McKay Brothers, un ancien chercheur en physique du MIT parti ensuite travailler chez JPMorgan Chase. La société McKay Brothers a été fondée pour aider les traders à haute fréquence à aller encore plus vite : « Les événements qui ont lieu sur les marchés de Chicago ont un impact sur les marchés de New York », lit-on sur le site internet de la compagnie. McKay Brothers explique que son projet n'a rien de nouveau et rappelle que Paul Julius Reuter avait pallié l'absence du signal électrique en utilisant des pigeons voyageurs. « L'idée révolutionnaire de l'époque était d'utiliser une ancienne technologie pour combler un vide. » La société fait exactement la même chose. Par rapport aux récentes fibres optiques, les micro-ondes sont une technique ancienne de transmission de l'information, mais elles offrent un avantage fondamental : elles se déplacent dans les airs, en ligne droite et, contrairement au télégraphe de Chappe utilisé par Napoléon, elles n'ont pas de problème avec le brouillard.

Le câble de Spread Networks – dont la rectitude n'était pas absolue – est désormais dépassé, fanfaronne McKay Brothers. De fait, grâce aux micro-ondes, le temps de parcours entre Chicago et New York n'est désormais plus que de 9 millisecondes, soit 3,44 millisecondes de moins que le câble de Spread Networks. Mais McKay Brothers devrait éviter de se vanter. De même qu'un algorithme de trading est souvent dépassé lorsqu'il entre en service, la course à la vitesse est sans limites : une compagnie concurrente, Tradeworx, a annoncé qu'elle allait proposer aux traders à haute fréquence un réseau en micro-ondes entre New York et Chicago encore plus rapide que celui de McKay

Brothers. Il en coûtera 250 000 dollars par an aux opérateurs de marché et cela leur permettra de gagner… 0,5 milliseconde par rapport aux utilisateurs des micro-ondes de McKay Brothers.

Les réseaux de transmission des informations financières sont devenus le nerf de la guerre du trading à haute fréquence – sans parler de ces nouvelles puces en silicium construites pour les marchés qui permettent aux algorithmes d'être au plus près de la matière première grâce à laquelle ils peuvent travailler. Tout est fait pour que mes colocataires puissent bénéficier des informations de première fraîcheur en provenance du monde entier.

L'apparition du stock ticker précipita les marchés dans une course folle à la vitesse et engendra par la même occasion un problème délicat : la conservation des bandes imprimées où se trouvaient les cotations. Les courtiers de la fin du XIXe siècle, tout comme Jesse Livermore, s'aperçurent rapidement qu'en étudiant l'historique de ces cotations il était possible de repérer des informations très utiles pour réaliser des transactions. L'archivage de ces informations devint donc un enjeu majeur pour les opérateurs de marché, d'où mon bureau de Mahwah.

L'ardoise qui servait à inscrire les cotations à la Bourse de Paris avant son informatisation s'est transformée en des milliers de disques durs où sont conservées toutes sortes d'informations : non seulement l'historique des transactions passées, mais aussi, bien évidemment, les carnets d'ordres qui contiennent des milliards et des milliards de cotations que mes colocataires et moi analysons à longueur de journée. Un marché financier du XXIe siècle n'est rien d'autre qu'un *data center* avec un nombre de serveurs si monstrueux qu'il n'était tout bonnement plus possible de les conserver là où à l'origine les transactions se faisaient à la criée. Les marchés décidèrent alors de construire leurs propres centres de traitements de données.

Dès 2007, le NASDAQ inaugura son premier *data center* à Carteret, dans le New Jersey, là où la fibre optique de Spread Networks termine son parcours. Ce premier marché externalisé était de taille modeste : 18 000 mètres carrés. Trois ans plus tard, CME Group Inc., qui regroupe le Chicago Mercantile Exchange et le Chicago Board of Trade, annonça qu'il déménageait ses serveurs à Aurora, en banlieue de Chicago. Le bâtiment qui les abrite est plutôt grand – 40 000 mètres carrés, soit sept terrains de football américain – et renferme des dizaines de milliers de serveurs qui nécessitent 184 mégawatts d'électricité, soit l'équivalent de la consommation quotidienne de 100 000 habitations domestiques.

Ces *data centers*, où les employés sont filmés 24 h sur 24 h et se déplacent en rollerblade, sont en effet des consommateurs d'électricité compulsifs. Cette énergie est utilisée non seulement pour faire tourner les machines, mais aussi et surtout pour refroidir l'air ambiant, ce qui permet aux serveurs, entassés les uns à côté des autres, de ne pas surchauffer. Cette consommation folle explique la présence d'énormes générateurs aux abords des bâtiments, sans parler de ceux utilisés en cas de panne – sans électricité, plus de marché.

Peu de temps après le déménagement des serveurs du CME à Aurora, le New York Stock Exchange se délocalisa au 1700 MacArthur Boulevard de Mahwah, dans le New Jersey. Mon bureau est aussi grand que celui de mes confrères de Chicago, même s'il est à moitié vide : le NYSE a en effet réservé de la place à mes futurs colocataires. Le bâtiment consomme donc moins d'électricité : 28 mégawatts seulement, de quoi alimenter 4 500 maisons par jour. Néanmoins, lorsque que tous les *data centers* des marchés de Wall Street eurent déménagé dans le New Jersey, la finance devint le premier consommateur d'électricité de l'État.

Lorsque Dave Cummings commença à concevoir des algorithmes de trading à haute fréquence au sein de sa compagnie Tradebot avant de fonder Bats Global Markets, il contacta Josh Levine chez Datek pour soulever un lièvre : Tradebot utilisait le carnet d'ordres d'Island pour réaliser des transactions, et contrairement à la plupart des clients de la plateforme, la société n'avait pas de bureau du côté de Wall Street. Tradebot se situait à Kansas City, à 1927 kilomètres de Broad Street. Cummings clama qu'il était désavantagé car les décisions prises par ses algorithmes prenaient quelques millisecondes de plus pour être acheminées vers Island par rapport aux ordres envoyés par des concurrents proches de Broad Street. Il demanda à Levine de pouvoir installer un ordinateur avec ses algorithmes dans les locaux d'Island, et Levine accepta : Island se mit à louer des espaces – facturés quelques centaines de dollars par mois – pour que les ordinateurs de ses clients soient au plus proches de la plateforme.

La question se reposa lorsque les marchés déménagèrent leurs *data centers* en banlieue. Les décisions prises par les algorithmes des opérateurs durent soudainement faire quelques kilomètres de plus pour avoir accès aux informations contenues dans les serveurs, et comme ces opérateurs étaient dispersés un peu partout, les distances à parcourir pour que les ordres arrivent dans les *data centers* n'étaient pas égales. Les marchés n'étaient plus équitables. Il fut donc décidé que tous les traders algorithmiques à haute fréquence s'installeraient à l'intérieur même des *data centers*, une opération que les spécialistes appellent « colocation ».

Des espaces furent réservés à côté des serveurs où se trouvent les carnets d'ordres pour que chaque opérateur puisse installer son propre ordinateur, à l'intérieur duquel se trouvaient ses algorithmes. Et pour être certain que personne ne soit désavantagé, la longueur des câbles reliant les algorithmes aux carnets d'ordres fut mesurée au millimètre près – si un ordinateur se situe un peu plus près des serveurs que les autres, alors un algorithme le ralentit pour qu'il ne soit pas avantagé. Avec la colocation, les *data centers* ne sont plus seulement un lieu où s'entassent des informations : ils sont devenus les véritables marchés où vivent les traders. Le New York Stock Exchange a alors planté des platanes devant mon bureau de Mahwah, de la même famille que ceux sous lesquels le marché avait été fondé en 1792.

Je cohabite ainsi avec différents colocataires. Guerrilla, Blast, Iceberg, Shark, Stealth et Sumo se trouvent à quelques mètres de moi, et nous sommes tous à la même distance des données nécessaires à notre travail. *Mahwah,* le « lieu où les chemins se croisent » pour les Indiens delawares, est aujourd'hui un hangar où des centaines de kilomètres de câble s'entrecroisent et où des algorithmes s'affrontent dans des combats au millionième se seconde près.

Mais il n'est pas impossible que nous devions tous redéménager un jour ou l'autre. Même si la colocation met tous les algorithmes sur un pied d'égalité au sein d'une même plateforme, les marchés financiers restent disséminés aux quatre coins de la planète. Et même si, comme l'a affirmé l'un des dirigeants du NYSE, « la limite imposée par la vitesse de la lumière commence à poser problème », cette vitesse physiquement indépassable fait qu'une information ne parviendra jamais au même moment à Londres et à New York.

Deux chercheurs du MIT semblent avoir trouvé la solution ultime pour résoudre le problème : dans un article intitulé « Relativistic Statistical Arbitrage », publié en 2010, A. D. Wissner-Gross et C. E. Freer proposent de construire des plateformes qui soient à égale distance des opérateurs de marché. Ces plateformes contiendraient toutes les informations financières nécessaires, et comme la distance à parcourir pour y accéder serait la même pour tous, les algorithmes prendraient exactement le même temps pour exécuter leurs stratégies.

L'article fournit une carte détaillée où des centaines de plateformes sont réparties à égale distance de tous les marchés mondiaux. Certaines d'entre elles se trouvent en plein milieu des océans, et comme il est problable que, si ce projet voit le jour, la technologie utilisée pour transmettre l'information soit les micro-ondes, il n'est pas impossible que les marchés du futur deviennent des îles perdues dans les océans. L'avenir du trading à haute fréquence repose sur des archipels de machines éparpillés dans le monde entier. « Il faut rendre la planète plus *intelligente* », affirment très sérieusement les deux scientifiques.

Les requins pourront alors s'en donner à cœur joie. « Qu'est-ce que c'est que ce truc ? », demandera le petit-fils d'un riche retraité américain lorsqu'un bateau de plaisance croisera une île artificielle bourrée de technologies ultramodernes. « C'est la Bourse », répondra le grand-père, avant peut-être qu'un algorithme sauvage ne réduise sa pension de retraite à néant.

Je ne pourrai probablement jamais travailler sur ces îles flottantes. D'ici là, les algorithmes seront devenus si complexes que je ne serai certainement plus qu'un vieux dinosaure.

Pour le moment, je vais me contenter de faire mon travail. Il est bientôt 9 h 30, et le New York Stock Exchange va ouvrir.

La quiétude de mon bureau climatisé contraste avec les guérillas auxquelles je vais devoir prendre part toute la journée en compagnie d'Iceberg, de Shark, de Blast, de Razor et de tous ceux que les cerveaux en costumes sont en train d'élaborer.

Je dois être vigilant car il n'est pas impossible que je doive tirer dès 09:30:00:000:001, GMT-5.

Je compte donc attentivement les secondes qui me séparent de l'ouverture des marchés, puis les millisecondes, puis les microsecondes, puis les nanosecondes, six, cinq, quatre, trois, deux, un, bingo.

Mahwah, New Jersey, États-Unis,
13 septembre–19 décembre 2012.